Éditions Druide
1435, rue Saint-Alexandre, bureau 1040
Montréal (Québec) H3A 2G4

www.editionsdruide.com

ÉCARTS

Collection dirigée par
Normand de Bellefeuille

L'équation du temps, roman, Druide, 2013.

LES CORPS EXTRATERRESTRES

Direction littéraire : Normand de Bellefeuille
Édition : Luc Roberge et Normand de Bellefeuille
Révision linguistique : Diane Martin et Geneviève Tardif
Assistance à la révision linguistique : Antidote 8
Grille graphique : Anne Tremblay
Mise en pages et versions numériques : Studio C1C4
Photographie en couverture : Carlos Henrique Reinesch
Photographie de l'auteur : Maxyme G. Delisle
Diffusion : Druide informatique
Relations de presse : Mireille Bertrand

L'auteur remercie le Conseil de recherches en sciences humaines
du Canada (CRSH) pour son soutien financier.

Les Éditions Druide remercient le Conseil des arts du Canada
et la SODEC de leur soutien.

Gouvernement du Québec — Programme de crédit d'impôt
pour l'édition de livres — Gestion SODEC.

ISBN PAPIER : 978-2-89711-217-2
ISBN EPUB : 978-2-89711-218-9
ISBN PDF : 978-2-89711-219-6

Éditions Druide inc.
1435, rue Saint-Alexandre, bureau 1040
Montréal (Québec) H3A 2G4
Téléphone : 514-484-4998

Dépôt légal : 4ᵉ trimestre 2015
Bibliothèque nationale du Québec
Bibliothèque nationale du Canada

Imprimé au Canada

Pierre-Luc Landry

LES CORPS EXTRATERRESTRES

roman

Druide

Une à une les étoiles tombaient dans la mer, le ciel s'égouttait de ses dernières lumières.

Albert Camus
Carnets, tome III

La fiction imite la fiction.

Marc Augé
La guerre des rêves

Je ne peux pas dormir, je rêve que je suis dans un lit, ailleurs, et que je ne peux pas dormir. Je me réveille. Je sais maintenant que je dormais. Mais je ne dors plus et réellement désormais ne peux pas dormir.

Roger Caillois
L'incertitude qui vient des rêves

UN

XAVIER

Nous allons tous mourir. C'est ce qui m'a traversé l'esprit pendant que la voiture n'avançait pas. J'ai pensé : tous ces gens, tous ceux qui peuplent la Terre en ce moment, moi, eux, tout le monde, nous allons tous mourir un jour ou l'autre. La fin est inscrite dans le principe même de notre existence. C'est cliché, bien sûr, mais ça m'a pris de court et j'en ai eu comme le souffle coupé. J'ai fermé les yeux et j'ai compté jusqu'à dix. Je me suis dit : si j'ouvre les yeux et que tout est encore en place, si rien n'a changé, c'est que je ne mourrai pas aujourd'hui. J'ai ouvert les yeux.

— *Oh. Get out of the way, you twit! Bloody hell! Can't you stay home if you're afraid of a little snow, arsehole?*

Le chauffeur du taxi commençait à perdre patience. Moi, l'embouteillage ne me dérangeait pas. Le froid non plus.

Bon, il faut que je sois honnête : ça m'inquiétait un peu, cette tempête de neige. Un tout petit peu. J'avais commencé à croire que c'était peut-être aussi grave que les médias le laissaient entendre quand l'avion a dû survoler Heathrow pendant plus de deux heures avant que le pilote n'obtienne l'autorisation d'atterrir.

Je n'allais pas me plaindre de ce retard, toutefois ; je n'avais pas envie de préparer le boniment du surlendemain, ni celui du congrès de Bilbao de la semaine suivante. Je voulais laisser cette « situation extraordinaire », ces « chutes de neige historiques » me clouer au sol. J'allais m'isoler au milieu de la foule et faire de Londres le lieu de toutes mes paresses. Mais l'inquiétude avait tout de même commencé à me gagner.

Antony m'avait laissé un message, quelques heures auparavant. Il me rejoindrait à l'hôtel le lendemain seulement, puisqu'il avait dû dormir à Lisbonne ; aucun avion n'avait obtenu l'autorisation de décoller et l'aéroport venait de fermer. Il prendrait le train jusqu'à Paris, si tout allait bien, puis un autocar pour Londres.

La compagnie avait loué pour nous deux chambres au Hilton, juste en face de Hyde Park, avec vue partielle sur le jardin. Le congrès du Royal College of Physicians avait lieu sur place ; je devais rencontrer un groupe de cardiologues le mardi pour leur présenter un nouvel inhibiteur calcique à prescrire aux patients atteints du syndrome de Raynaud, un produit moins agressant pour le foie que les médicaments actuels, et qu'on peut donc prescrire aux personnes âgées souffrant d'insuffisance hépatique. Cela me pesait et j'avais surtout envie de m'installer dans un fauteuil, devant la fenêtre, et de regarder la neige tomber sur les arbres autour de l'étang en buvant un thé très chaud. Les inhibiteurs calciques, j'en avais déjà marre, même si ça ne faisait que quelques mois que je présentais ce produit. Avant, c'était une nouvelle sorte d'anxiolytique sans effet de somnolence. Avant, une amoxicilline pour les pneumopathies virales chez l'enfant.

Le conducteur du taxi a klaxonné. Nous n'avancions plus du tout. La voiture devant nous était abandonnée, les portières ouvertes.

— *How long before we reach the hotel?* ai-je demandé.

— *Usually less than two minutes by cab. But the twit here abandoned his car in the middle of the road.*

Je lui ai tendu un billet de cinquante livres et je suis sorti de la voiture en lui demandant de porter mes valises à l'hôtel dès que ce serait possible. J'ai refermé la portière derrière moi. Je voulais parcourir le reste du chemin à pied. J'arriverais plus vite à l'hôtel et je pourrais profiter de la vue partielle sur le jardin que ma réservation promettait.

Au moins vingt centimètres de neige recouvraient la chaussée. Je ne portais pas de bottes; mes souliers se sont rapidement imbibés d'eau froide, tout comme mon pantalon et mon manteau de laine. Le vent violent m'empêchait de voir où j'allais. J'ai passé à droite la descente pour la station Notting Hill Gate du métro, puis l'intersection de Kensington Church Street.

Nous allons tous mourir, me suis-je répété. Cette neige, ce doit être le signe de quelque chose.

Mon téléphone a sonné.

— Xavier?

C'était Antony. Il y avait un peu de statique sur la ligne, probablement à cause de la tempête.

— Oui.

— *I finally took a train to Paris.* J'arriverai demain à *London, in time for the pitch. What about you?*

— Moi, ça va. Je serai à l'hôtel dans quelques minutes. Je les préviendrai de ton retard.

— *No need*, j'ai déjà appelé pour les avertir. *See you tomorrow, then.*

Il a tout de suite raccroché. J'avais le front engourdi par le vent et mes vêtements étaient trempés et glacés à la fois.

— *Sir, please. Do you know if the Hilton hotel is in this neighbourhood?*

L'homme que je venais d'arrêter a levé la tête pour me regarder.

— *It's just around the corner, mate.*

Il a montré du doigt la prochaine intersection, que l'on devinait à peine à cause du blizzard. Deux minutes de marche, tout au plus. Notting Hill Gate est devenue Bayswater Road sans que je m'en rende compte. Je me suis mis à courir, en trébuchant à chacun de mes pas.

La neige s'accrochait aux briques de la façade de l'hôtel, devenue blanche comme tout le reste autour, édifices, arbres, panneaux signalétiques. Un portier m'a fait entrer et je me suis écrasé sur le comptoir de la réception, à bout de souffle.

— *Hi. I have a room here. My name is Xavier Adam.*

: :

J'ai allumé la télévision après avoir enlevé mes vêtements mouillés. Je n'avais pas écouté *Annie Hall* depuis une éternité, même si je raconte toujours que c'est mon film préféré. J'ai appelé le service aux chambres pour leur demander de m'apporter des bonbons et du thé.

Je ne sais pas pour qui je me prends ; j'aime faire comme dans les films. Et puis c'est la compagnie qui paie.

J'ai regardé le film avec attention jusqu'à la fin, j'ai lu tout le générique, ou presque. Puis j'ai éteint la télévision. Il était tard, je n'avais pas encore mangé, outre les bonbons, et je n'avais pas envie de sortir. J'ai de nouveau appelé le service aux chambres et j'ai demandé qu'on m'apporte un repas. J'ai enfilé le peignoir aux couleurs de l'hôtel, j'ai ouvert la fenêtre pour laisser entrer un peu de vent et je me suis couché sur le tapis, entre le lit et la télévision. On a cogné à la porte.

Une employée est entrée avec un plateau sur un petit chariot. Comme dans les films. Je lui ai indiqué la table de chevet. *Thanks.*

Elle est sortie sans faire de bruit et je ne me suis levé qu'une fois la porte refermée complètement. J'avais envie d'avoir l'air le plus bête possible, le plus chiant. Je me suis dit : j'irai nager en pleine nuit, puis je demanderai qu'on monte une bouteille de scotch dans ma chambre. Encore que je n'aime pas beaucoup le scotch. Je vais faire comme si j'étais Bill Murray dans *Lost in Translation.*

J'ai soulevé le couvercle qui recouvrait mon assiette. On m'avait apporté un ragoût, un truc brun qui sentait le bœuf bouilli, et une miche de pain. J'ai mangé sur le lit en grelottant. Puis je me suis levé, j'ai fermé la fenêtre et je me suis fait couler un bain presque bouillant. Mais j'ai tout de suite changé d'idée et vidé le bain sans même y avoir trempé un orteil.

Je suis allé nager. Et j'ai ensuite demandé qu'on monte une bouteille de scotch à ma chambre.

La tempête ne s'est pas calmée pendant la nuit. Elle a même pris de l'ampleur. *Fuck* la neige, que je me suis dit. J'ai mis un jeans par-dessus mon pantalon de pyjama, deux t-shirts, un chandail de laine, mon manteau, et je suis descendu dans le hall. J'ai acheté, dans un magasin à quelques pas de l'hôtel, un gros chapeau de fourrure, un foulard immense et deux paires de gants. J'avais envie de me promener, de visiter Hyde Park, de me ménager un peu de temps qui ne serait pas consacré au travail. Ça tombait assez bien : Antony n'était pas encore arrivé et mon téléphone était resté dans la chambre.

Je me suis promené dans les sentiers jusqu'à ce que la faim me coupe le souffle. Puis je me suis laissé tomber sur le dos, dans la neige, et j'ai décidé de mourir gelé. Je savais bien qu'il suffisait de faire quelques pas dans la bonne direction pour arriver à l'hôtel ; j'avais cependant envie d'un peu de tragique. Malheureusement, un passant m'a vu m'effondrer et est tout de suite venu me prêter assistance. Laissez-moi mourir en paix, avais-je envie de lui dire, mais mon menton était complètement gelé, ainsi que ma lèvre inférieure. J'avais la gorge sèche, malgré toute la neige avalée, et je n'avais plus de souffle pour prononcer quelque mot que ce soit. J'ai indiqué l'hôtel au loin derrière le voile de poudrerie, et l'homme a mis son bras autour de mes épaules pour m'aider à marcher jusque-là.

— *Bless your soul*, lui ai-je dit quand il m'a laissé dans le hall.

Je me sentais mystique. À tout le moins spirituel. L'homme m'a balancé quelque chose comme « Fais attention la prochaine fois », et il est parti. Un employé est venu au pas de course me demander si je voulais qu'il appelle une ambulance. Pas besoin. De toute façon, avec la tempête, ça m'aurait étonné qu'on dépêche les premiers secours au Hilton pour un bonhomme de neige qui a fait exprès de se laisser mourir de froid dans un parc. *I'll take a hot bath.* Il m'a aidé à me rendre à l'ascenseur et m'a demandé s'il pouvait faire monter quelque chose à ma chambre, *on the house.* Non merci, je n'ai besoin de rien. *But, wait. Why not? A bottle of champagne, maybe?*

Dans le bain, j'ai chanté à tue-tête les plus grands succès de mon répertoire : *Comic Strip* de Gainsbourg, et puis *Hollywood* de Madonna et *Pale Blue Eyes* de Velvet Underground. Et je n'ai pensé à rien. Ça m'a fait un bien immense.

Mon téléphone a sonné. Je n'ai pas répondu : j'étais incapable de rester debout et de me rendre là où je l'avais déposé plus tôt. Puis, après une minute, on a cogné à ma porte. J'ai crié.

— C'est ouvert.

— Xavier ?

— Ici, que j'ai hurlé, toujours sans bouger. C'est toi qui viens de me laisser un message ?

— Oui, a répondu Antony en entrant dans la chambre. J'arrive tout juste.

Je me suis extirpé du bain après mille efforts et je me suis appuyé sur le comptoir pour ne pas tomber. Mes jambes étaient encore molles, comme paralysées.

— Xavier, *fuck! You're naked, man!*

Antony s'est tourné vers la fenêtre après m'avoir lancé la robe de chambre qui traînait sur le lit.

— Je sais, j'étais dans le bain.

J'ai fait un pas dans la pièce et je me suis écroulé sur le sol.

— Tu voudrais m'aider à me rendre jusqu'au lit ?

— *What's wrong with you ?*

— J'ai les jambes gelées et engourdies.

— *Why is that ?*

— J'arrive de dehors. Je suis allé me promener.

Antony m'a aidé à me relever et j'ai pu m'asseoir sur le lit.

— T'es allé te promener par un temps pareil ?

— Oui.

— T'es malade ! *Anyway...* Pullman m'a appelé, et il m'a dit que notre *meeting* de demain n'a pas été annulé. *You ready ?*

L'idée ne me plaisait pas. J'avais entretenu l'espoir secret que la réunion n'ait pas lieu et qu'on nous laisse profiter de Londres sous la neige, que tous les vols internationaux soient annulés et qu'on doive s'installer ici, indéfiniment. Que le temps s'arrête pour de bon, que je me fasse entretenir par le personnel du Hilton, que je puisse écouter des films toute la nuit et dormir tout le jour et me baigner à n'importe quelle heure et me promener nu dans la chambre sans fermer les rideaux, tout ça.

— Bah, oui. Je pense.

— Comment, « je pense » ? T'es prêt ou pas ?

— Je pense que oui.

Antony allait perdre patience, je le sentais.

— Xavier, *shit. This meeting is really important.* Si on leur vend le médicament, ça veut dire une promotion, *which means I get to pay my mortgage and make*

*my wife happy and have good sex when I get home. I
need to be made junior associate, and you don't want
to stand in my way.*

— Je sais, tu m'as déjà dit tout ça.

Il se préparait à partir.

— Je ne sais pas ce que tu as, ces temps-ci, mais
*you better be ready tomorrow. I can call you a whore,
if that's what you need to get a little excited about life
and stuff.*

Je lui ai signifié de laisser tomber, et il est parti.

J'ai ouvert la télé et choisi une chaîne au hasard.
Le film *Reality Bites* jouait depuis une heure environ.
J'ai eu l'impression que ce n'était pas un hasard, que
j'aie allumé la télé comme ça, à cette heure-là, que j'aie
choisi cette chaîne — parmi tant d'autres — et que je
sois tombé sur ce moment du film en particulier, sur
ce dialogue entre Lelaina Pierce et Troy Dyer.

« Lelaina Pierce : *I was really going to be somebody
by the time I was twenty-three.*

Troy Dyer : *Honey, all you have to be by the time
you're twenty-three is yourself.*

Lelaina Pierce : *I don't know who that is anymore.* »

Cela m'a frappé, et de plein fouet ; si je n'avais pas
été couché dans mon lit, je me serais probablement
écroulé. Je me retrouve dans la même situation que
Lelaina : je n'ai aucune idée de qui je suis, en plus de ne
pas encore être devenu quelqu'un de grand, quelqu'un
de beau.

Je tourne en rond. Je pense à ce que j'aurais envie
de faire plutôt que de vendre des médicaments. J'en
ai marre de m'apitoyer. Je ne veux plus mener cette

vie de chambres d'hôtels et de centres de congrès. J'ai envie que mon quotidien ait un peu de sens, mais je ne sais pas où le trouver. Ni où le chercher. J'ai en bouche des expressions comme «tonus vasoconstricteur», «consommation d'oxygène du myocarde», «tachycardie supraventriculaire», alors qu'au fond, je n'ai aucune idée de ce dont je parle et je m'en balance complètement. J'ai plutôt envie de hurler au monde entier qu'il me fait chier, et de lui foutre un coup de poing dans l'œil. J'ai mis un peu d'argent de côté, je pourrais tenir quelques mois sans travailler, un an peut-être. L'idée commence à devenir obsédante.

J'ai écouté le film jusqu'à la fin. Puis j'ai éteint l'écran et je suis tombé d'épuisement. Il était presque cinq heures du matin.

XAVIER
CAHIER, ENTRÉE XXIV

J'aimerais que mon histoire soit belle, et non pas réaliste, le jour où je serai prêt à la partager. Qu'elle soit extraordinaire même si elle est ponctuée d'incohérences et de trous. N'empêche que je n'ai rien d'incroyable à raconter. L'extraordinaire, c'est tout ce qu'on ne remet jamais en question. Le réel que l'on prétend connaître et pouvoir expliquer. Je cherche ma propre connexion avec l'une des vérités possibles, celle qui serait la mienne et qui me permettrait de saisir le monde. Il faut mettre en mots ici, dans ce cahier, le sentiment d'étrangeté que les choses vraies provoquent chez moi. Tenter de fouiller cette impression tenace que c'est ce qui passe pour l'habituel qui n'est pas normal. Je pense que, comme Annie Hall, je devrais retourner à l'école. Lelaina et Alvy ont lu de bien grands livres; pas moi. Voilà: vingt-quatre entrées plus tard dans le cahier et j'arrive à peine à exprimer ne serait-ce que les manifestations de mon malaise.

J'ai encore fait le même rêve. Je dis: le même, mais c'est faux. Il ne se déroule jamais exactement de la même façon. Et les conversations sont toujours différentes. Ce rêve revient souvent, trop souvent pour que je ne me pose pas de questions. Je ne sais pas qui est ce gars que je ne vois que la nuit. La prochaine fois qu'il m'apparaîtra, je lui poserai la question. Oui : ce soir, je lui demande son nom.

HOLLYWOOD

Je n'étais pas là quand elle est arrivée. J'étais au parc, défiant les avertissements affichés à l'entrée : « Accès interdit après 23 h 00. Amende minimum : 100 $. » Il faisait chaud, plus de vingt-cinq degrés, malgré la nuit, malgré le temps de l'année — mars bientôt et il n'avait pas encore neigé ; l'été ne voulait pas s'achever et cela me plaisait, à moi, puisque je pouvais passer la nuit dehors sans avoir peur de mourir gelé. J'étais couché sur le pont de bois d'un module de jeu et j'écoutais *Everybody Knows* sur mon iPod en cherchant les étoiles. En ville, c'est difficile. Le ciel est brun ou mauve ou orange ou rose et on ne voit que la Lune, et Vénus quand il n'y a pas de nuages. Parfois on peut apercevoir Jupiter, plus tard dans la nuit. J'aimerais bien un jour me rendre quelque part, dans le Nord, sur le toit d'une montagne ou sur une île, et rester éveillé toute la nuit, couché dans les hautes herbes, les yeux braqués sur le ciel pour voir enfin de quoi ont l'air, dans le réel, Alpha Centauri et Sirius du Grand Chien.

Quand je suis rentré un peu après minuit, elle était assise à la table de la cuisine avec ma mère. Elles buvaient du café toutes les deux, malgré l'heure.

Ma mère essuyait les larmes qui coulaient sur ses joues et Saké semblait la consoler.

— Qu'est-ce qui se passe ? ai-je demandé.

Ma mère a répondu quelque chose que je n'ai pas entendu. J'ai enlevé mes écouteurs avant de lui demander de répéter.

— Mes parents sont disparus, m'a dit Saké en souriant.

— Tu te souviens de Saké ? m'a demandé ma mère.

Je me souvenais très bien d'elle. Nous avions grandi ensemble ; nos mères sont amies depuis leur plus tendre enfance. Je ne l'avais pas vue depuis quelques années déjà, toutefois, parce que ces choses-là arrivent.

— Mais oui ! Mais, euh… quoi ?

Je me suis raclé la gorge et j'ai recommencé.

— Je veux dire : ils sont disparus ? Comment ?

Ma mère a éclaté en sanglots et m'a répondu, entre deux hoquets.

— On ne sait pas. Ça fait deux semaines qu'ils ne sont pas rentrés. Ils sont partis travailler un matin tous les deux et ils ne sont jamais revenus.

Mon père est arrivé à ce moment.

— Ah ! Hollywood, tu es là. Je t'ai cherché partout.

Il a jeté ses clés de voiture sur la desserte et a rejoint ma mère à la table de la cuisine. Saké s'est levée et est venue m'embrasser.

— Ça fait longtemps ! Comment tu vas ?

— Euh… bien, j'imagine. Toi ?

— Ça va. Je vais faire semblant d'être triste pendant quelques jours, m'a-t-elle dit sur le ton de la confidence, parce qu'en réalité je m'en fous un peu. Je veux dire : tant que mes parents sont encore en vie… Ça ne me plairait pas de savoir qu'ils sont morts ou qu'ils souffrent ou qu'ils ont été enlevés ou quelque chose du genre, mais s'ils se sont poussés comme ça parce qu'ils en avaient envie, tant mieux pour eux. Je suis assez vieille pour m'occuper de moi-même. Je suis venue ici parce que je trouve la maison trop grande pour moi toute seule. Alors, j'ai pensé à tes parents, qui ont accepté de m'héberger. Sinon, ça va.

Saké avait beaucoup changé, mais ce qu'elle était devenue ne me surprenait pas. Elle portait un jeans noir serré, troué à plusieurs endroits, et un chandail beaucoup trop grand pour elle, comme celui de Jennifer Beals sur l'affiche du film *Flashdance*, un chandail qui descend sur une épaule et qui ballonne à la taille. Ses cheveux étaient teints en mauve et noir et crêpés et ramassés en boule et coiffés avec une pâte ou du gel ou quelque chose comme ça.

À ce moment, j'ai eu un malaise. Il a fallu que je m'assoie. Une sorte de crampe à la cage thoracique. Rien à voir avec la résurgence soudaine de Saké dans ma vie ; ça m'arrive de temps en temps, depuis mon opération. Au moment de me réveiller, la plupart du temps, mais aussi quand je suis fatigué ou stressé ou énervé par quelque chose. Ou encore pour aucune raison, alors que je suis debout dans la salle à manger, passé minuit, et que j'observe Saké qui me raconte qu'elle se fout de la disparition mystérieuse de ses parents. C'est comme si mes os tentaient de sortir de mon corps pour rejoindre le cœur que les médecins m'ont enlevé. Afin de «guérir cette lassitude et cette mélancolie que nous sommes incapables de traiter», qu'ils ont dit. De mon côté, je n'ai remarqué aucun changement dans mon attitude depuis. D'autant plus que je ne m'étais jamais plaint; mon état d'esprit me satisfaisait. Ce sont mes parents qui ont insisté pour que je rencontre la travailleuse sociale à l'école secondaire, puis un psychologue au collège. Puis un psychiatre recommandé par le psychologue. Puis une deuxième psychiatre, qui a remarqué que mon cœur ne battait plus, et qui m'a envoyé consulter un chirurgien cardiologue qui voulait voir son nom imprimé en gros caractères dans une revue de médecine expérimentale. Il doit être content, à l'heure qu'il est: je suis le seul humain sur Terre à vivre sans cet organe. Avec l'aide de ses collègues, il m'a enlevé le cœur qui ne servait plus à rien: mon sang circule quand même, et c'est ainsi c'est tout. Je n'ai pas parlé des crampes à mes parents parce que je sais qu'ils vont insister pour prendre un rendez-vous avec le chirurgien et je n'ai pas envie de le revoir, pas avant mon suivi annuel. Quand ça me prend, je m'assois quelque part et je respire lentement. D'habitude, la douleur disparaît au bout de quelques minutes. Mais si je dois faire semblant de rien, pour ne pas apeurer mes parents ou créer un malaise en public, par exemple, la crampe peut mettre un peu plus de temps à s'estomper et parfois la douleur devient si insoutenable que je dois m'enfuir, me cacher, trouver une excuse pour sortir de la pièce. Comme Saké n'arrêtait pas de parler, de me raconter comment elle avait été expulsée du collège où elle s'était inscrite, comment elle était devenue mannequin pour une compagnie de shampoing, comment elle s'y était prise pour quitter son ex, un petit mafieux qui volait des laveuses et des sécheuses dans les grands magasins en payant avec de fausses cartes de crédit, comment elle avait été acceptée dans un autre collège où tous les cours se donnaient en anglais, bref, comme Saké n'arrêtait pas de parler, je ne pouvais pas me concentrer sur la douleur pour que celle-ci disparaisse. Il a fallu que je sorte de la cuisine et que je m'enferme dans la salle de bain sous prétexte que j'avais bu trois bouteilles d'eau et que j'avais vraiment envie de pisser.

La douleur a fini par disparaître, mais je suis resté enfermé une dizaine de minutes de plus. Je me suis couché dans la baignoire et j'ai écouté *Dance Me to the End of Love*. Il y a des moments comme celui-là, des moments où je n'ai qu'une envie : écouter Leonard Cohen et me coucher sur le dos. Ça m'a rappelé : en quatrième secondaire, dans un cours de formation personnelle et sociale, une intervenante en santé mentale était venue parler des patients de la maison d'hébergement où elle travaillait. Ses bénéficiaires, comme elle les appelait, pouvaient écouter trois ou quatre fois de suite la même chanson ou le même film sans jamais se lasser. Je ne sais pas si elle voulait dire que c'était là un symptôme de maladie mentale, mais ça m'a marqué. J'ai donc écouté deux ou trois fois *Dance Me to the End of Love* avant de sortir de la salle de bain. Saké m'attendait devant la porte.

— Qu'est-ce que tu faisais ?

— J'écoutais de la musique.

— Ah.

Ma mère a crié de la cuisine.

— Hollywood, tu voudrais montrer à Saké la chambre d'amis ?

— Oui, maman.

Saké a éclaté de rire.

— Tu appelles encore ta mère « maman » ?

— Comment voudrais-tu que je l'appelle ?

— Par son nom !

J'ai haussé les épaules et je me suis rendu au bout du corridor, vers la chambre d'amis.

— Tiens. C'est ici.

— Merci.

J'ai laissé Saké entrer dans la chambre et je me suis dirigé vers la mienne. Saké m'a tout de suite rejoint et m'a pris par le bras.

— Attends. Tu vas te coucher tout de suite ?

— Non, je ne suis pas fatigué.

— Moi non plus.

— Tu veux manger quelque chose ?

— Oui, pourquoi pas ?

Nous sommes retournés dans la cuisine. Ma mère et mon père étaient toujours assis à la table. Ma mère ne pleurait plus, mais elle reniflait encore.

— Vous avez faim ? qu'elle a demandé, comme si elle lisait dans nos pensées.

— Oui.

— Commandez quelque chose.

J'ai regardé Saké.

— Du chinois ? a-t-elle suggéré.

Ma mère s'est levée et a ouvert le tiroir dans lequel on garde les menus des restaurants.

— Vous pouvez commander chez Kim Moon Kim, c'est ouvert toute la nuit, a-t-elle dit en tendant le menu à Saké.

Ma mère a appelé le restaurant pour passer notre commande avant d'aller se coucher. Saké a choisi un chow mein au bœuf, mon père un chop suey aux crevettes et moi un riz frit aux légumes. Nous avons joué aux cartes en attendant la bouffe, puis nous avons mangé en écoutant une émission débile à la radio. J'ai voulu mettre un disque, *I'm Your Man*, mais mon père a insisté pour entendre ce que les gens à la radio avaient à dire. J'ai mis en doute le concept de tribune téléphonique et mon père, pour la forme, m'a dit de me taire et de manger. Saké avait l'air de nous trouver idiots. En même temps, ça m'a paru bizarre qu'elle ne réagisse pas plus que ça à la disparition de ses parents. Je ne voulais pas lui poser de questions et j'espérais que mon père s'en charge ; il l'a plutôt questionnée sur sa vie. Elle lui a parlé de son travail de mannequin pour les *hair shows* et de ses cours de cinéma et de sculpture et de design graphique et elle s'est arrêtée pour me regarder longtemps sans rien dire, avant d'éclater.

— Hollywood ! Il faut que tu viennes avec moi lundi au studio ! Je suis sûre qu'ils vont vouloir te faire signer un contrat. Il n'y a jamais assez de gars dans nos *shows* et en plus t'as des cheveux étranges. Je suis *certaine* qu'ils vont vouloir te prendre !

J'ai fait la moue en lançant mon plateau de styromousse dans la poubelle et je suis sorti de la cuisine pour aller m'enfermer dans ma chambre. J'ai enlevé mes vêtements, je me suis couché sur les couvertures parce que j'avais chaud et j'ai enfoncé les écouteurs de mon iPod dans mes oreilles. J'ai écouté deux albums complets de Leonard Cohen, *New Skin for the Old Ceremony* et *Songs of Love and Hate*, mais je n'ai pas réussi à m'endormir. Je me suis rhabillé et je suis sorti sans bruit.

Dehors, j'ai marché jusqu'à l'épicerie et je suis entré dans la cabine téléphonique située près des portes du magasin. J'ai composé le numéro de Chokichi. Comme il n'habite pas très loin, il est venu me rejoindre dans le stationnement de l'épicerie.

— Tiens, qu'il m'a dit en me tendant un petit sachet. Dix comprimés de Gardenal. Tu en prends un seul. C'est plus efficace par voie anale, mais j'imagine que tu préfères l'avaler.

J'ai payé, il a empoché. Il est resté et on a discuté un moment, assis sur le petit bout de trottoir qui séparait le stationnement d'une plate-bande en mauvais état. Je lui ai raconté pour Saké. Il m'a parlé d'une amie commune avec qui il avait eu une aventure quelques jours plus tôt après avoir testé une livraison de Viagra de contrebande. Chokichi donne dans le trafic de drogues. C'est un petit fricoteur indépendant et un ami fidèle. Le seul ami que j'aie, en fait, si on peut dire les choses ainsi.

Chokichi est parti vers quatre heures du matin. Je suis rentré, j'ai avalé un comprimé de Gardenal et je me suis endormi une vingtaine de minutes plus tard.

Je me suis réveillé à treize heures trente. Mes parents étaient partis travailler depuis longtemps. Saké n'était nulle part dans la maison. Elle m'avait laissé une note dans le réfrigérateur :

Hollywood,
Je suis partie au collège. J'ai un cours de pro-
duction multimédia jusqu'à 12 h, puis un cours de
sculpture cet après-midi. Ta mère m'a dit que tu

travaillais jusqu'à 22 h au cimetière. Au cimetière ?
Tu fais quoi ? Tu pilles des tombes ?

Bon : si ça t'intéresse, je vais chez une amie ce soir
pour écouter un film gore asiatique que son copain
a rapporté de Thaïlande. Je vais venir te chercher ici
vers 22 h 30.

À ce soir !

Saké

J'ai plié la note et je l'ai mise dans ma poche. Je
me suis versé un verre de lait au chocolat et j'ai pris
une paille dans le tiroir des ustensiles. Je me suis
installé devant la télé pour regarder un reportage sur
l'œil rouge de la planète Jupiter, un anticyclone aux
dimensions colossales observé pour la première fois
il y a quelques centaines d'années et qui a conservé
depuis la même forme. Les scientifiques interrogés
dans le documentaire comparaient le phénomène
à un ouragan qui ne cesserait jamais et qui crée des
vents furieux soufflant à plus de cinq cent cinquante
kilomètres-heure. Plus ils étudient le phénomène,
disaient-ils, moins ils arrivent à le comprendre.

: :

J'ai fini de travailler plus tôt ce soir-là parce qu'il
n'y avait aucun enterrement de prévu pour la fin de
semaine dans ma section, donc pas de lot à désherber,
pas d'excavation à autoriser, rien de bien compliqué
à faire. J'ai raclé les allées, ramassé quelques cailloux
et, quand j'ai été certain que personne ne me verrait,
j'ai sorti quelques grains de la poche de ma veste et

je les ai plantés ici et là, devant deux ou trois pierres tombales. Des grains de haricots. C'est une idée que j'ai eue il n'y a pas longtemps. Comme l'été dure depuis toujours, depuis dix mois en fait, puisqu'il fait vingt-cinq degrés Celsius en février et que le sol n'a pas gelé depuis l'année dernière, puisque Montréal est en train de se transformer en Los Angeles, les haricots poussent sans problème, n'importe quand, et les blés sont toujours jaunes. J'ai acheté au marché public un gros sac de grains de *Phaseolus vulgaris*, un haricot commun, et j'essaie d'en planter devant au moins deux pierres tombales à chaque quart de travail. À ce rythme-là, dans quelques mois, quand les grains auront germé et que les plants auront poussé, toute ma section sera comme un grand jardin de haricots. À moins que l'hiver ne choisisse de revenir et de mettre fin à cet été qui aura bientôt un an.

J'ai marché pour retourner chez moi au lieu de prendre le métro ou le bus parce qu'il faisait beau et chaud et que j'avais le temps. Je suis entré dans un café encore ouvert pour acheter un sandwich à l'avocat et à la luzerne, que j'ai mangé en marchant. Je me suis arrêté devant chez moi pour arracher quelques blés en train de sécher. Notre immeuble est le seul de la rue à ne pas être collé contre les autres. Le propriétaire, qui l'a fait construire il y a une quarantaine d'années, avait toujours rêvé d'habiter une ferme et de cultiver des céréales. Il a donc érigé l'édifice en retrait de la rue et à quelques mètres des voisins et a planté du blé tout autour. C'est très laid, d'autant plus qu'il est maintenant trop âgé pour entretenir sa plantation et qu'il ne veut pas s'en défaire. Je me charge de l'entretien du «jardin» en échange d'une mince réduction de notre loyer mensuel. Mes parents ont conclu cette entente avec le propriétaire il y a quelques années pour m'apprendre «la satisfaction du travail bien accompli». C'était à l'époque où ils croyaient que j'étais en crise d'adolescence parce que je ne leur parlais jamais. J'arrache les plants morts et je sème quelques grains quand le jardin semble en avoir besoin. Je ne sais pas de quel type de céréale il s'agit au juste. Je ne me suis pas encore donné la peine, après toutes ces années, d'effectuer des recherches et de voir comment on pourrait profiter des plants mûrs. Je me contente d'attacher les tiges, sans en arracher les épis, et je les dépose devant la porte de l'appartement du propriétaire. À tous les coups, le blé disparaît sans que je puisse voir si c'est le propriétaire lui-même qui le ramasse et l'emporte dans son appartement ou si c'est le concierge qui s'en débarrasse quand il balaie le corridor de notre étage. Ce qui me plaît le plus dans ce travail, c'est la proximité qu'il me permet d'avoir avec les petits moineaux domestiques qui se nourrissent des céréales. Je peux parfois passer des heures à les observer grignoter les épis, sautiller, chanter.

En haut, dans notre appartement du cinquième étage, Saké m'attendait dans le salon. Elle buvait du jus d'orange et écoutait le bulletin de nouvelles de fin de journée à la télévision, assise dans le fauteuil de mon père.

— Mes parents ne sont pas revenus? ai-je demandé.

— Oui, mais ils sont repartis. Au cinéma.

— Ah bon. Ça tient toujours, ton invitation?

— Oui. Rajani m'a envoyé par courriel la bande-annonce du film qu'on va regarder. Un peu con, mais vraiment gore !

Elle s'est levée et je l'ai suivie dans le bureau. Elle m'a montré la bande-annonce.

— Un peu con ? On dirait n'importe quel film d'horreur à petit budget, sauf que celui-là est en thaï.

— Attends, tu vas voir. Bientôt ils vont prendre part à une cérémonie satanique et ils vont se planter des hameçons partout dans le corps, même dans les yeux.

J'ai attendu, pour finalement lui donner raison : c'était plutôt gore, vraiment dégueulasse. Je n'avais pas tellement envie de voir le film, mais par curiosité je lui ai demandé à quelle heure son amie nous attendait.

— On peut partir tout de suite, si t'es prêt.

— Je suis prêt. Elle habite où ?

— Pas trop loin.

Nous avons marché jusque chez Rajani. Elle louait le sous-sol d'une petite maison de ville avec son copain, un ingénieur en informatique ou en microcircuits ou en électronique ou encore les trois à la fois ; un ingénieur. Rajani étudiait le latin médiéval et l'histoire du Moyen-Âge à l'université sur la montagne. Saké et elle s'étaient connues au collège, avant que Saké n'en soit expulsée. Nous avons parlé un peu avant de lancer le film. En fait, c'est Saké qui a parlé. Rajani posait quelques questions et moi, j'écoutais. Arnaud, le copain de Rajani, préparait de la pizza au fromage de chèvre, que nous allions manger en regardant le film. J'ai essayé d'avaler quelques bouchées, pour faire comme tout le monde, mais les scènes explicites me coupaient l'appétit. Saké, elle, a englouti au moins trois pointes. Après le film, Arnaud a parlé de son voyage en Thaïlande. Il a été envoyé là-bas par la compagnie pour laquelle il travaille afin d'installer un système informatique plutôt complexe dans un centre d'appels couplé à une chaîne de montage de produits électroniques, et il en a profité pour voyager un peu. Il nous a raconté en détail ce qu'il avait vu là-bas, les plages et les îles, le festival végétalien où il a goûté à tout un tas de fruits et de légumes qui lui étaient jusque-là inconnus, le monastère perdu dans les montagnes du nord du pays où il est allé méditer, des trucs qui m'ont semblé tout à fait intéressants mais pour lesquels je n'étais pas capable de m'enthousiasmer publiquement. J'ai hoché la tête quelques fois, posé une ou deux questions pour ne pas avoir l'air de m'emmerder. J'ai demandé à Saké, sur le chemin du retour, comment je m'en étais tiré.

— Tiré de quoi ? qu'elle m'a répondu.

— Des conversations, de la soirée en général.

— Quoi ? Tu t'es ennuyé ?

— Non. Mais je ne suis pas habile, généralement, dans des contextes sociaux comme celui-là, surtout quand je rencontre de nouvelles personnes.

— Ça va, je n'ai rien remarqué de particulier.

On a marché quelques minutes en silence.

— Tu ne sors pas souvent ou quoi ?

— Bof.

J'ai attendu quelques minutes avant de préciser.

— J'ai des amis, je sors un peu, mais généralement j'aime mieux être seul.

— Tu rigoles? Toi et moi, on s'entendait super bien, avant!

— Je sais, mais ça fait longtemps qu'on ne s'est pas vus et j'avais oublié, on dirait.

Nous sommes rapidement arrivés devant notre immeuble. Saké n'habitait avec nous que depuis la veille, mais j'avais l'impression qu'elle était là depuis une éternité. Et elle se comportait comme si c'était le cas. Elle a déverrouillé la porte de l'appartement avec une clé que mon père lui avait fait tailler dans la journée.

— J'ai bien aimé Rajani, et Arnaud est très gentil.

— Ouais, ils sont cool. Allez, bonne nuit! qu'elle m'a répondu avant de claquer la porte de sa chambre.

Je l'ai imitée, puis je me suis couché sur le lit tout habillé. J'ai mis un album de Joni Mitchell sur le vieux tourne-disque que mon père m'avait offert, avec toute sa collection de vinyles, quelques années plus tôt. J'ai attrapé le livre qui trônait sur la table de chevet. Une biographie de la chanteuse dans laquelle j'ai appris qu'elle a fréquenté Leonard Cohen pendant un moment. Je me suis attardé sur le passage qui traitait de l'écriture de la chanson *A Case of You*, que j'ai écoutée trois ou quatre fois. Je savais ce qui allait m'obséder, dans les prochaines semaines. J'aime bien qu'on me raconte des histoires pénibles, pleines de chagrin.

HOLLYWOOD
PETIT POÈME ILLÉGITIME N° 3

comme une musique d'ascenseur
pour passer le temps
et puisque les rêves sont toujours les mêmes
je chanterai comme un piano mal accordé
pour accompagner la nuit
et les chambres d'hôtel

APRÈS LE MARCHAND DE SABLE

Ils mettent tous les deux de nombreuses heures à s'endormir, sauf lorsqu'ils précipitent les choses de manière chimique. Puis ils se retrouvent, l'un couché, l'autre assis au pied du lit. Les rideaux épais ne laissent filtrer qu'un tout petit peu de lumière, comme une lueur bleue qui enrobe les meubles, encore plus anonymes dans le noir, les valises ouvertes ici et là, les tableaux impersonnels sur les murs au papier peint souvent affreux, même dans les hôtels les plus luxueux. L'un raconte l'histoire d'un film qu'il a vu mille fois déjà et l'autre lui parle d'un disque qu'il vient de se procurer dans une boutique d'occasion. Ils ne bougent pas, ou presque. Leur relation est intellectuelle, ils n'ont pas besoin d'utiliser leurs corps. Ils savent que cela ne durera pas, que le jour remplacera la nuit et qu'ils devront disparaître tous les deux, mais ils savent aussi qu'ils se retrouveront le soir venu, au même endroit peut-être, ou dans une autre chambre, dans un autre hôtel, qu'est-ce que cela peut bien changer?

S'ils se levaient tous les deux pour tirer les rideaux et regarder par la fenêtre, ils verraient malgré les lumières de la ville que dehors le ciel se déchaîne et que les étoiles passent les unes après les autres à une vitesse folle, laissant derrière elles des nuées de poussières extraterrestres.

XAVIER

Je me suis réveillé en pleine nuit comme toutes les nuits et je me suis rendu à la salle de bain pour boire un peu d'eau. J'avais attrapé froid en me promenant dans la tempête et j'avais maintenant la gorge serrée et de la difficulté à avaler ma salive. J'ai fait descendre quelques comprimés avec de l'eau, des échantillons fournis par la compagnie, n'importe lesquels. Comme toutes les nuits depuis longtemps déjà. Que ce mal de gorge affecte mon travail le lendemain ne me dérangeait pas. Je voulais tout simplement me rendormir sans problème. Poursuivre le rêve.

La télévision s'est allumée à six heures : désormais, ce n'est plus la sonnerie intempestive du téléphone qui réveille les résidents des grands hôtels mais plutôt France 2 ou toute autre chaîne préalablement sélectionnée sur le menu interactif du téléviseur. Je me suis étiré longuement dans le lit, qui me paraissait trop confortable pour que je me résigne à le quitter. Après avoir bâillé à tue-tête pour me réveiller, je me suis intéressé à ce qui se disait à la télévision. Une femme expliquait la situation météorologique actuelle, debout devant une carte satellite striée de lignes de différentes couleurs.

— … causée par une dépression d'une importance jamais rencontrée. La pression atmosphérique ajustée au niveau de la mer diminue horizontalement vers un centre de très basse pression situé quelque part dans l'océan Atlantique, au large du Groenland. Nous sommes donc en présence d'une masse d'air dont la température se situe sous le point de congélation. Cette même masse d'air se mesure à l'échelle synoptique et couvre un périmètre autour du centre de basse pression dont le rayon est supérieur à deux mille kilomètres.

La caméra est revenue en studio et s'est posée sur l'animateur, qui ne semblait pas trop comprendre.

— Dans la réalité, Paloma, qu'est-ce que ça veut dire, tout ça ?

— Qu'est-ce que ça veut dire ? Ça veut dire que les chutes de neige ne cesseront pas avant plusieurs jours. Ça veut dire aussi qu'on ne peut pas prédire ce qui va se passer ensuite. Une deuxième masse dépressionnaire semble vouloir se former du côté du Canada, et avec ce qu'on connaît aujourd'hui, il n'est pas prématuré de penser que cela pourrait toucher la France dans quelques jours. Nous suivrons avec attention la trajectoire de cette première masse d'air qui nous occupe en ce moment. Vous savez, Laurent, qu'on a beaucoup de mal à traiter de cette tempête en des termes scientifiques et rationnels. L'ampleur de ce système dépressionnaire dépasse l'entendement.

— Parlez-nous, Paloma, de la situation en Amérique.

Je me suis levé et j'ai monté le son pour entendre ce qui allait se dire pendant que je faisais ma toilette.

— La situation en Amérique n'est pas aussi grave qu'elle l'est ici, Laurent. Au Canada, les chutes de neige enregistrées jusqu'à maintenant ne battent pas les records de 1999. Les autorités sont bien équipées, au demeurant, pour affronter ce genre de système dépressionnaire. Ce qui complique la tâche de déneigement, ce sont les chutes incessantes de neige et non pas leur volume. Aux États-Unis, par contre, c'est beaucoup plus chaotique. En deux jours, les budgets municipaux annuels pour le déneigement ont été épuisés. Les employés des voiries sont trop peu nombreux pour faire face à la charge de travail, d'autant plus que les villes ne possèdent pas beaucoup de machinerie. Par chance, le système dépressionnaire n'affecte que la côte Est. Des renforts du Midwest, de Chicago, d'Indianapolis et de Columbus sont en route pour prêter main-forte aux équipes locales. Là où la situation est tragique, c'est ici, en Europe. La France, la Belgique, les Pays-Bas, l'Allemagne et certaines régions du Royaume-Uni sont complètement paralysés. Le bilan des morts s'alourdit d'heure en heure, Laurent. Des gens restent coincés dans leurs véhicules, plusieurs personnes manquent à l'appel. L'Espagne et le Portugal ne sont pas les zones les plus touchées par les chutes de neige, mais ce sont certainement les zones les plus sinistrées. La situation est exceptionnelle dans ces deux pays, où les gouvernements respectifs ont déjà déclaré l'état d'urgence. Nul besoin de vous dire que plusieurs vols domestiques et internationaux ont été annulés. La SNCF n'a pas encore annulé de liaisons, mais on compte de nombreux retards, notamment sur les circuits du TGV.

— Je vous remercie, Paloma…

J'ai éteint la télé. La porte de la chambre s'est ouverte et Antony a foncé dans la pièce.

— *Dude. You ready?*

— Oui, dans une minute.

J'ai enfilé mes souliers, que je n'ai pas pris la peine de lacer.

— Il va falloir que je repasse par ici après le déjeuner. Tu sais où a lieu le rendez-vous?

— Kensington Suite. Au premier étage. Ils vont être une dizaine, *so I guess it will be "boardroom style"*. Bon, tu viens?

— Une dernière chose.

Je me suis penché pour ouvrir la porte du minibar. J'ai hésité un moment, puis opté pour une petite bouteille de vodka, que j'ai encaissée en deux gorgées.

— Xavier, *shit*… même moi, je n'oserais pas!

— *Well, my dear friend*, ai-je répondu, j'en ai bien besoin ce matin.

Je me suis raclé la gorge, j'ai toussé un peu, puis j'ai pris la carte magnétique sur la table de chevet et j'ai poussé Antony à l'extérieur de la chambre. J'avais faim.

— Est-ce que t'as un rituel, toi, quand tu arrives à l'hôtel?

— Un rituel?

— Des gestes que tu fais pour t'installer.

Antony a croqué un morceau de pain.

— Non, pas vraiment, a-t-il répondu, la bouche pleine. À part peut-être ouvrir la télé et regarder quels postes sont offerts.

J'ai avalé une fraise en la mâchant à peine.

— Toi ?

— D'habitude, oui.

— Et le problème, c'est… ?

J'ai rigolé.

— Il n'y a pas de problème.

— Xavier, *fuck*. Je te connais assez pour savoir que tu me poses cette question-là parce qu'il y a quelque chose qui ne va pas.

J'ai voulu prendre une gorgée de café, mais Antony a posé sa main sur ma tasse.

— Xavier, *get it off your chest*.

— D'habitude, j'obéis à une certaine routine quand j'entre dans la chambre : je défais le lit, j'ouvre les rideaux, j'allume toutes les lumières si c'est la nuit, je fouille dans les placards et je regarde dans tous les tiroirs. On dirait que j'ai besoin de bien connaître l'espace pour me l'approprier. Mais en arrivant ici, je me suis tout de suite installé devant la télé pour regarder un film et je n'y ai pas pensé. Pas du tout. Ça m'est complètement sorti de la tête. Et ça n'a rien changé.

— Si ça n'a rien changé, de quoi tu te plains ?

— Je ne me plains pas. J'espère simplement que ça ne veut pas dire que je me suis habitué à habiter des lieux qui ne me ressemblent pas.

— Vas-tu finir tes œufs ?

— Non. Tu peux les manger.

J'ai poussé mon assiette de l'autre côté de la table.

: :

C'est Antony qui a réussi à vendre notre produit. Pas moi. Même si j'obtiendrai la même commission que lui sur la vente spectaculaire qu'il a réalisée. J'ai parlé un peu, j'ai présenté des graphiques, j'ai vaguement tenté d'être convaincant, mais ma performance personnelle a été plutôt médiocre.

Au bar de l'hôtel, où Antony tenait à célébrer, nos téléphones ont émis en même temps quelques bips: un message de Pullman, qui nous transférait des billets électroniques pour une traversée en ferry d'une durée de trente-trois heures quarante-cinq minutes, de Portsmouth à Bilbao, le soir même.

— Putain, c'est pas vrai…

J'ai commandé un autre verre au barman. Antony m'a regardé avec insistance.

— On a dix minutes pour ramasser nos affaires. *Pullman even called a taxi for us.*

— Ça ne me prendra pas dix minutes boire un verre. Et puis, merde, il veut *vraiment* qu'on se rende à Bilbao… Combien tu gages que le congrès est annulé?

Le serveur est arrivé avec un whisky. J'ai avalé la moitié du verre. J'ai grimacé. Je n'étais pas du genre whisky, mais les circonstances appelaient un alcool comme celui-là, un alcool doré, qui nettoie en profondeur, qui décape en descendant dans la gorge.

— Si le congrès était annulé, Pullman n'aurait pas payé un taxi pour nous emmener à Portsmouth. Ça doit coûter cher, *with such shitty weather.*

Mon téléphone a encore sonné. Un appel, cette fois. J'ai répondu.

— Xavier Adam.

— *Adam, it's Pullman.*

Je me suis tourné vers Antony.

— C'est Pullman. Tu gages combien?

— *Stop fooling around* et parle-lui, je veux savoir pourquoi il t'appelle.

— *Mister Pullman, yes, how are you?*

— *Good, good. Listen: the taxi company called me; they say they only have one guy willing to drive you to Portsmouth, and he wants to leave right now. So get your things at once, he's waiting for you outside. He's charging me a fortune so you better not make him wait.*

Pullman a raccroché avant que je puisse lui répondre quoi que ce soit. J'ai annoncé la bonne nouvelle à Antony. Nous sommes montés à nos chambres pour préparer nos bagages.

Là-haut, comme pour me racheter, j'ai remué les couvertures sur le lit, j'ai ouvert les rideaux et la fenêtre, allumé la télévision et toutes les lumières. J'ai pris quelques bouteilles dans le minibar, que j'ai jetées dans ma valise avec les vêtements qui traînaient sur le plancher. J'ai fait le tour de la chambre plusieurs fois, ouvert tous les tiroirs, vérifié sous le lit, dans les placards. Je n'oubliais rien. Antony est entré dans la chambre. Je lui ai offert une gorgée du flacon de vodka que j'avais rangé dans la poche de mon veston. Pourquoi pas, a-t-il répondu en prenant la petite bouteille.

— J'en ai plein ma valise.

— Moi aussi.

Nous avons remis nos clés à l'employé de la réception, qui nous a montré du doigt la voiture qui nous attendait de l'autre côté des portes tournantes tout en nous expliquant que les autoroutes avaient été dégagées et que la neige s'était transformée en crachin.

— *You're lucky! Have a safe trip to Portsmouth, gentlemen.*

Je l'ai remercié, mais j'avais plutôt envie de grogner. J'étais certain que le trajet en voiture allait être pénible, tout comme la traversée pour Bilbao. Par chance, Pullman nous avait réservé une cabine sur le bateau. Je pourrais boire quelques flasques et dormir. J'ai vérifié les détails de la réservation après m'être installé à l'arrière du taxi, qui s'est mis en marche alors que la portière n'était pas encore refermée.

— On va partager une seule couchette, toi et moi.

— *What?* T'es pas sérieux? *Let me take a look at this shit.*

Antony s'est emparé de mon téléphone pour constater que ce n'était pas vrai. Une blague de ma part, pour le mettre en colère. J'ai ouvert ma valise et j'ai choisi deux petites bouteilles de vermouth Dubonnet. Je lui en ai tendu une.

— Tiens. Ça va te calmer.

— *Well*, a-t-il dit en débouchant le flacon. Je bois aux deux couchettes dans notre cabine. *Cheers!*

— *Cheers!*

Il a lancé mon téléphone sur la banquette. Le chauffeur du taxi a monté le son de la radio. La route allait être longue.

Mais, comme ça, entre deux chansons que je ne connaissais pas, un reggae aux accents de hip hop a éveillé en moi je ne sais quel démon: j'ai eu envie de pleurer comme un bébé. Mon corps était parcouru de frissons plutôt effrayants; j'avais la chair de poule et de grosses larmes roulaient sur mes joues. Ouais. J'avais raté ma vie. Je me suis tourné vers l'extérieur pour cacher mon malaise à Antony. La pluie s'était de nouveau transformée en neige. On voyait à peine les voitures qui circulaient dans l'autre sens, ce qui n'empêchait pas le chauffeur de conduire à toute vitesse dans le blizzard. J'avais mal au ventre. J'ai collé mon front contre la vitre gelée et j'ai fermé les yeux. Ça recommençait. J'ai compté jusqu'à dix…

Nous sommes arrivés sur les quais de Portsmouth en moins de deux heures. Un ferry partait pour Le Havre, bondé. C'était pour le moment à peu près le seul moyen de rejoindre Paris, outre l'Eurotunnel. Notre bateau était tranquillement accosté, l'air de rien. Antony a remercié le chauffeur du taxi et nous nous sommes dirigés vers le quai d'embarquement. Au moment de mettre les pieds sur le bateau, l'idée qu'il était possible que je meure en traversant la Manche pendant la tempête a effleuré mon esprit. Je ne contrôlais rien. Ni mes déplacements, ni mon emploi du temps, ni mes désirs, ni l'heure de ma mort. Cette perspective m'enchantait. Nous avons repéré notre cabine. J'ai déposé mes bagages sur la couchette du bas.

XAVIER
CAHIER, ENTRÉE XXVIII

Un sentiment d'étrangeté face au reste du monde. Le besoin aussi de scruter cette existence que je ne cesse de remettre en question. Souvent je referme un livre ou j'éteins la télévision et je me dis : c'est ça, c'est exactement ça. Et je n'arrive à discuter de tout cela avec personne. Sinon avec le gars plutôt bizarre qui me rend visite dans mes rêves.

Hollywood, m'a-t-il répondu quand je lui ai demandé son nom. Qui dans le monde appelle son enfant Hollywood ? Mes parents, a-t-il répondu. Il m'a demandé si nous étions dans mon rêve ou dans le sien. C'est ma chambre d'hôtel ; ce doit être mon rêve, alors. Puis je me suis réveillé.

Le réel s'apprivoise par le langage. J'ai déjà lu ou entendu cela quelque part. Et ça me semble d'une évidence désarmante. Si je ne mets pas en mots mon incapacité à vivre, celle-ci ne sera jamais apprivoisée. C'est ainsi que l'enfant apprend à nommer les choses, à se les approprier. Je passe de longs moments à penser et à avoir mal un peu et c'est tout comme si ça me plaisait, cet état de mélancolie malsaine. Et puis il y a les rêves.

HOLLYWOOD

Je balayais une allée pavée entre deux rangées de pierres tombales quand j'ai remarqué que les haricots que j'avais plantés à peine quelques jours plus tôt commençaient déjà à germer. Sur le coup, je me suis senti comme perdu, étranger à tout ce qui m'entourait. Je voyais bien les petites tiges vertes qui perçaient la terre devant la pierre de monsieur Joseph-Elzéar Masson, décédé en 1934, le soleil qui se couchait au loin, les nuages roses qui reposaient sur la ligne d'horizon, tout cela, mais je ne reconnaissais rien, ou à peu près. Cela a duré quelques secondes, tout au plus une minute, puis je suis revenu à moi tout aussi soudainement. J'ai pensé : les haricots, c'est une drôle d'idée. Enfin… je me suis remis au balayage de l'allée. J'ai poussé devant moi quelques cailloux et je suis passé à autre chose.

J'ai pris le bus pour rentrer. L'heure bleue achevait : les rideaux avaient été tirés, on ne voyait plus à l'intérieur des petites maisons et des appartements, les lampadaires inondaient les rues de lumière orange et le ciel s'obscurcissait de plus en plus ; le mouvement de saturation du bleu vers le noir était presque perceptible. J'ai eu envie d'un cornet de crème glacée. Je suis descendu du bus et j'ai marché jusqu'au bar laitier pas très loin de chez moi. J'ai commandé une glace à la vanille trempée dans le chocolat au lait. Je l'ai dégustée lentement en faisant de tout petits pas. Je n'étais pas pressé de rentrer, même si j'avais chaud. J'ai toujours aimé avoir chaud.

J'ai à peine eu le temps d'ouvrir la porte de l'appartement que Saké me poussait dehors.

— Tu viens avec moi.

— Hein ? Attends un peu.

J'ai résisté : je voulais me changer, au moins. Mes vêtements étaient poussiéreux et j'avais du sable dans mes chaussures.

— Dépêche-toi, qu'elle m'a dit. Les auditions sont dans moins d'une heure.

J'ai voulu lui demander : les auditions pour quoi ? Mais j'ai préféré courir me changer dans ma chambre. J'aurais le temps de lui soutirer quelques informations une fois sorti de l'appartement. Saké s'impatientait déjà.

— Holly, grouille.

J'ai crié depuis la chambre.

— J'arrive !

Elle se tenait sur le palier, la main sur la poignée de la porte, prête à la refermer. Je suis sorti torse nu et j'ai enfilé un chandail en quittant l'appartement. Ma tête est restée coincée dans une manche, j'étais plutôt en mauvaise posture. Saké a soupiré.

— Bordel, tu fais exprès ?

Elle m'a aidé à passer mon chandail correctement. Nous avons descendu en courant les cinq étages qui nous séparaient de la rue. Sur le trottoir, je l'ai interrogée.

— Bon, on va où comme ça?

— Je te l'ai dit : à des auditions. Dans moins d'une heure. Il faut se dépêcher, je ne veux pas rater ça.

— Des auditions pour quoi?

— Tu vas voir.

— Saké, merde… dis-moi!

— Si je te le dis, tu vas vouloir m'abandonner et retourner à l'appartement.

J'ai fait mine de rebrousser chemin; Saké m'a agrippé par le bras.

— Hollywood, tu viens avec moi!

Inutile d'insister davantage, je le savais bien. On a tourné le coin de la rue. Un bus passait. Saké a couru, en me tenant toujours par un bras. Le bus s'est immobilisé et nous a attendus. Nous sommes allés nous asseoir tout au fond, même s'il n'y avait personne.

— C'est pour ton truc de *hair shows*, c'est ça? ai-je demandé.

— Non. Je leur ai parlé de toi et ils sont intéressés, mais ils m'ont dit qu'ils ne feraient pas de nouvelles séances de *casting* avant l'été. Je veux dire… avant le mois de juin. Je t'en reparlerai à ce moment-là.

Elle est restée silencieuse quelques minutes avant d'enchaîner.

— Bon. Il faut que tu me promettes que tu vas essayer, au moins, pour l'audition.

— Comment veux-tu que je te promette ça sans savoir où tu m'emmènes?

— Allez, dis oui. Fais-le pour moi.

— Je suis nul en théâtre, Saké. Tu me demandes de m'engager à me ridiculiser devant tout le monde.

— Ce n'est pas une audition de théâtre. Tu penses vraiment qu'ils tiennent des auditions pour le théâtre à vingt-trois heures ?

— Je ne sais pas, je ne connais rien là-dedans.

Saké a détourné la tête pour regarder dehors. Quelques arrêts plus loin, elle s'est mise à rigoler.

— Tu portes quels sous-vêtements, ce soir ? Caleçons, boxers ?

— Euh… Pourquoi tu veux savoir ça ?

Elle s'est levée.

— Pour rien. Bon, viens : on sort ici.

Le bus s'est arrêté et nous sommes descendus. À notre droite, un immense parc de stationnement entourait un petit centre commercial avec une salle de quilles, un bar et une épicerie exotique. Saké m'a guidé vers le bar à travers le stationnement. Nous nous sommes arrêtés sur la terrasse presque vide. Une affiche annonçait des auditions à vingt-trois heures, sans spécifier de quel type. J'ai tout de suite compris.

— Non. Pas question. Pas question. Saké, t'es folle !

— Allez, ça va être drôle ! Tu vas aimer la musique que j'ai choisie.

— Quoi ? T'as prévu un numéro ?

Elle a éclaté de rire.

— Non, pas un *numéro*. J'ai fouillé dans tes trucs, j'ai apporté un disque de ta collection. Te reste qu'à improviser la danse. Ça va être drôle.

— T'as choisi quoi ?

— Je n'ai pas cherché longtemps. J'ai pris un album qui traînait sur ta table de chevet.

— Lequel?

Saké a tiré vers elle une chaise de la terrasse sur laquelle elle s'est laissée tomber. Elle a ouvert son sac, a sorti un paquet de cigarettes et en a porté une à sa bouche. Elle m'a tendu le paquet. J'ai refusé.

— Allez, dis-moi ce que tu as choisi.

Elle a allumé sa cigarette, puis en a aspiré une longue bouffée avant de prendre un disque dans son sac pour le poser sur la table.

— T'es complètement débile de penser que je vais danser nu sur une chanson de Leonard Cohen!

— Tu ne peux pas refuser; l'album est vraiment trop bon!

— Je sais qu'il est bon. Mais dans quel monde tu vis? On ne peut pas danser nu sur une chanson de Leonard Cohen. Pas dans un bar, en tout cas. Surtout pas un bar gay.

— Bon… j'avoue que les premières chansons ne sont peut-être pas appropriées, mais je suis certaine que tu vas très bien te débrouiller avec celle que j'ai choisie.

Pour l'instant, le débat sur la musique m'empêchait de penser à l'invraisemblance de la situation. J'ai demandé à Saké de me dire quelle chanson elle avait retenue.

— *I'm Your Man*. C'est super sensuel. Je t'imagine bien enlever tes vêtements, lentement, un par un, sur cette chanson. Il a une voix super grave, le mec. Et puis c'est une chanson parfaite. Je veux dire : je ne connais pas beaucoup Leonard Cohen, c'est ton truc à toi; moi, tu le sais, j'écoute autre chose habituellement. Mais depuis que tu m'as fait entendre cet album,

je ne sais pas pourquoi, c'est comme s'il m'obsédait ;
il s'est incrusté quelque part dans ma tête et c'est tout
comme s'il me disait qu'il faut absolument que je fasse
quelque chose avec lui. Alors j'y ai longtemps pensé.
Cette semaine, je suis venue manger au chinois juste à
côté et quand j'ai vu qu'ils préparaient des auditions,
j'ai tout de suite compris que c'était ça, que je devais
absolument te faire danser sur *I'm Your Man*. La chanson, c'est comme si elle ne demandait que ça.

— Osti. T'es complètement folle…

Je n'avais rien d'autre à ajouter. Pas d'argument.
Pas la force ni la volonté de combattre son idée fixe.
Je me suis assis sur une chaise et j'ai pris une cigarette
dans le paquet qu'elle avait laissé traîner. Je me suis
penché au-dessus de la table et Saké a craqué une allu-
mette à ma place.

— Et toi, tu présentes un numéro ? ai-je demandé.

— Non. Je ne suis pas un mec ! Je suis ta gérante.

— Ma gérante… ?

J'ai soupiré.

— Et tu m'as imaginé en train de danser nu ?

— Ben là… pas dans ce sens-là, tu sais bien.

On m'a demandé de prouver que j'avais l'âge légal
avant de me laisser entrer dans les loges.

— Je suis désolé, mademoiselle, mais les dames ne
sont pas admises.

Saké m'a embrassé sur la joue.

— Bonne chance ! Je vais donner ton disque au
technicien de son. On se revoit après le numéro. Tu
passes en troisième.

Je n'ai pas eu le temps de réagir. Saké m'a poussé dans les loges et le videur a refermé la porte derrière moi.

La grande salle était pleine de gars pour la plupart très musclés, sans chandail, huilés, qui se regardaient dans les nombreux miroirs placés un peu partout sur les murs de la pièce. Certains levaient des poids ou faisaient des pompes pour gonfler leurs muscles en prévision du moment de vérité. Des gars costumés en pompiers, en policiers, en vampires, en travailleurs de la construction. Des gars qui s'échauffaient en esquissant quelques pas de danse, en s'étirant dans tous les sens. Je me suis assis sur la première chaise que j'ai aperçue : une crampe me déchirait le thorax. Un crieur a annoncé que les auditions allaient commencer dans cinq minutes. J'ai pensé : bon, j'y suis ; je vais le faire, au lieu de rebrousser chemin. J'ai inspiré profondément et la crampe s'est dissipée. Je devais avoir l'air perdu avec mon chandail de coton, mon jeans et mon air de gars-plutôt-normal-qui-ne-se-sent-pas-trop-bien. Un mec déguisé en technicien en informatique, ou je ne sais trop quoi, m'a demandé si j'avais besoin d'aide.

— En fait, je n'ai pas de costume. Je ne suis pas préparé du tout.

Il m'a montré une penderie au fond de la pièce.

— Tu vas trouver toutes sortes d'accessoires et de vêtements là-dedans. Sinon, j'aurais un costume de pompier à te prêter. J'hésitais entre ça et celui que je porte en ce moment, mais comme ils sont déjà trois pompiers à auditionner, j'ai opté pour celui-ci.

— Merci, c'est gentil, mais j'aimerais mieux autre chose, moi aussi. D'ailleurs, ton costume, il représente quoi ?

— Un nerd. *Geek is the new sexy, dude.*

— Ah. Je ne savais pas.

Je me suis levé et je l'ai remercié pour son aide. J'ai fouillé un moment dans les costumes accrochés dans la penderie. Plusieurs uniformes des différentes forces de l'ordre : policiers, soldats, gendarmes, marins, etc. Le célèbre nœud papillon et col de chemise à la Chippendale. Une cape. Des perruques. Rien de très « Leonard Cohen », si tant est qu'un tel costume de danseur nu soit envisageable. J'ai choisi un complet-cravate qui m'allait plus ou moins bien. Je me suis déshabillé et tous les regards se sont tournés vers moi. Le mec aux grosses lunettes s'est précipité à mon secours.

— Tu ne vas pas danser en boxer, j'espère ?

— Euh… je ne sais pas. Oui ? Non ?

— Non. C'est beaucoup trop ample. Ça te prend un string ou un *jock-strap*. À la limite, un caleçon moulant.

Il m'a montré ce qu'il portait sous son pantalon noir. Je ne savais pas trop ce qu'il fallait que je dise.

— En fait, je n'ai que ça avec moi. Je n'ai rien apporté.

— Bon, attends.

Il s'est tourné vers l'assemblée des autres danseurs, qui me regardaient tous.

— Quelqu'un a un *jock-strap* ou un slip qu'il pourrait prêter à notre ami ?

Un murmure a traversé la foule. Un gars déguisé en vampire a lancé à mon nouvel allié un suspensoir à coquille. J'ai enlevé mon caleçon et j'ai enfilé ce qu'il me tendait avec insistance — *le sous-vêtement de quelqu'un d'autre.* Je me suis habillé. Mon nouvel ami m'a aidé à nouer ma cravate. Le crieur est entré dans la loge.

— Les gars, on commence.

Il a consulté ses feuilles.

— Hum… Joey Moretti.

Un sauveteur avec une bouée et de grosses lunettes de soleil est sorti de la loge avec le crieur. Le nerd m'a demandé si je savais à quel moment j'allais passer.

— Je suis le troisième. Et toi ?

— Deuxième. Et tu danses sur quoi ?

On entendait une chanson plutôt rythmée à travers la porte qui menait aux coulisses. Du hip hop aux paroles suggestives et explicites. Évidemment. J'ai eu honte.

— Leonard Cohen, ai-je avoué à voix basse.

— Ah. Connais pas. Moi, j'ai choisi une chanson de Peaches : *Fuck the Pain Away.*

— Hum. Génial.

La musique s'est arrêtée. On a entendu des applaudissements. Les numéros étaient évalués par trois officiels du bar mais aussi par la force des applaudissements reçus. Le sauveteur est entré dans la loge, nu, en érection, le corps luisant de sueur. Mon ami m'a embrassé sur la bouche et est parti rejoindre le crieur en courant. Je me suis assis sur un banc près de la porte pour attendre mon tour. Le vampire qui m'avait prêté ses sous-vêtements faisait les cent pas.

On a applaudi dans la salle. C'était à mon tour.

Dès les premières notes, j'ai su que je n'obtiendrais pas beaucoup d'applaudissements. J'ai dénoué ma cravate sans bouger le reste de mon corps. Je ne savais pas quoi faire d'autre. Quelqu'un dans le bar s'est raclé la gorge. De malaise, probablement. L'éclairage violent m'aveuglait, mais j'ai distingué le visage de Saké et ses mains qui essayaient de me dire quelque chose en gesticulant. J'ai balancé mes hanches dans un mouvement circulaire, puis j'ai enlevé le veston trop grand, que j'ai lancé dans la salle. L'auditoire n'a pas bronché ; ce ne devait plus être tendance, de lancer ses vêtements dans la foule. J'ai détaché ma chemise d'une façon que je voulais sensuelle, pour accompagner la voix grave de Leonard Cohen, mais la magie n'opérait pas : j'étais incapable de défaire le dernier bouton et j'ai dû passer la chemise par-dessus ma tête pour l'enlever complètement. Puis je me suis retourné et j'ai détaché mon pantalon. Je l'ai descendu lentement, tout en continuant de danser. J'ai ainsi exposé mon cul, sans obtenir aucune réaction de la part de l'assistance. Puis j'ai laissé tomber le pantalon sur mes chevilles et je m'y suis pris les pieds en essayant de l'envoyer valser au loin tout en me retournant pour faire face à la foule. Je me suis aplati sur le sol. Quelqu'un a poussé un petit cri de stupeur. On a toussé dans la salle. Saké a pouffé de rire.

J'espérais que le technicien de son mette fin à la musique, par compassion, mais il devait bien se marrer lui aussi. J'ai donc essayé de faire passer cette pirouette involontaire pour un pas de danse. J'ai ondulé, face contre terre, comme un acteur porno dans un film à petit budget. Puis je me suis relevé et j'ai descendu l'élastique de mon *jock-strap* sur mon pubis. Le problème, c'est que je n'avais pas d'érection. Je n'ai jamais assisté à un numéro d'effeuilleurs, mais je suis certain qu'ils doivent proposer à leur public un spec- tacle moins désolant que celui d'un sexe mou. Je suis resté debout, comme ça, sans bouger ou presque. J'ai glissé le sous-vêtement, qui est tombé par terre. J'ai eu comme réflexe de me cacher avec mes mains, puis j'ai réalisé que ce geste prude allait à l'encontre de ceux que j'étais censé accomplir. J'ai posé mes mains sur mes hanches et j'ai ondulé encore, sans savoir quoi faire de plus. De toute façon, la chanson s'achevait.

Personne n'a applaudi. J'ai ramassé mes vêtements et je me suis dirigé vers les coulisses assez rapidement.

Dans la salle, Saké pleurait de rire.

HOLLYWOOD
PETIT POÈME ILLÉGITIME N° 5

le matin comme un marteau-piqueur
et la poussière de béton
il faudrait apprendre à compter à l'envers
quand tu me parles de ces films que je n'ai jamais vus

APRÈS LE MARCHAND DE SABLE

Ils ont l'impression que plus rien n'existe sinon cette chambre qui baigne dans une lumière bleue, comme chaque fois qu'ils se rencontrent. Ils discutent à voix basse de leurs humiliations. Ils sont blasés et magnifiques.

Puis la fenêtre vole en éclats et le lourd rideau est arraché. Un caillou pas plus gros qu'un sou noir rebondit sur le tapis usé, y laisse une empreinte sombre. Hollywood se penche pour ramasser l'objet tombé du ciel. La pierre est brûlante; il la jette sur le lit. Xavier la prend à son tour et la laisse aussitôt retomber sur l'édredon; elle est trop chaude encore pour être manipulée. Ils se dirigent tous les deux vers la fenêtre, en évitant de marcher sur les éclats de verre qui jonchent le sol.

Une à une les étoiles tombent du ciel.

XAVIER

Antony voulait célébrer notre réussite, et comme je refuse rarement les invitations à boire un verre, je me suis joint à lui. Nous avons vidé le contenu de toutes les petites bouteilles qu'il avait jetées dans sa valise, puis nous nous sommes attaqués à celles que j'avais emportées avec moi. Vodka, gin, rhum et scotch, bien sûr, ainsi que Brandy Special Reserve, Chambord Liqueur Royale de France, El Grito Blue Agave Tequila, Old Charter Bourbon, Midori Melon Liqueur et Jack Daniel's Tennessee Whiskey. Évidemment, j'ai été malade. Antony aussi. Le ferry tanguait dangereusement à cause du vent, des vagues et de la tempête qui s'abattait non seulement sur la Manche mais aussi sur le reste du monde. Par chance, notre cabine Club avec vue sur la mer furieuse était équipée d'une douche et d'une toilette. Je me suis lavé après m'être vomi dessus, puis j'ai pris quelques comprimés dans le sac d'Antony: un médicament contre les maux de cœur sévères qu'on donne aux patients atteints d'un cancer et que les traitements de chimiothérapie incommodent. J'ai dormi une bonne dizaine d'heures d'un sommeil sans rêves. Quand je me suis enfin réveillé, Antony mangeait des melons et des fraises, assis sur la couchette du haut.

— On a des fruits frais dans un panier *just over there. And, of course, a minibar!*

Il m'a lancé une grappe de raisins, que j'ai mangés avec appétit. J'ai regardé par le hublot de la cabine. Des rafales d'eau noire frappaient la vitre épaisse. On ne voyait à peu près rien. Dans la cabine, il faisait chaud. J'étais plutôt bien.

— Il est quelle heure? ai-je demandé.

— *I have no fuckin' clue.* Il fait noir, c'est peut-être la nuit. *My phone is on the counter, just over there.*

— Bof. Ce n'est pas important. J'aime mieux ne pas savoir. Lance-moi autre chose, j'ai faim.

J'ai attrapé une banane, que j'ai aussitôt dévorée.

— Je vais aller voir ce qu'il y a à manger au restaurant. Tu veux quelque chose?

— Non, merci. *I ate too many fruits. I'll have to take a shit soon.*

Je me suis habillé et je suis sorti. J'ai lorgné un moment le menu du très chic Four Seasons, puis je me suis ravisé. De toute façon, le restaurant était fermé. J'ai opté pour une pâtisserie, un sandwich et une bouteille d'eau pétillante dans un petit café encore ouvert. Il n'y avait qu'un seul client, un vieil homme qui m'a demandé si je connaissais le nom de l'orchestre qui jouait au Sunset Show Bar le lendemain. Je l'ai dévisagé un moment; l'homme était un vacancier typique: coton ouaté, jeans, chaussures de marche plutôt laides, préoccupé davantage par son agrément que par la fuite du temps, les obligations, tout le reste. Il voulait écouter un orchestre en sirotant un verre de bourbon, tandis que la mer se déchirait et que le ciel nous tombait sur la tête et qu'on risquait tous de mourir dans le naufrage de ce traversier impudent qui osait franchir la Manche et une partie de l'Atlantique alors que la fin des temps était arrivée. Je me suis levé et j'ai quitté le café. L'alcool et les médicaments m'avaient visiblement affecté : voilà que je me faisais du mauvais sang à propos de la fin du monde et de ma mort imminente. Je me suis rappelé mon attitude au moment de mettre les pieds sur le bateau. Il fallait retrouver cet état d'esprit détaché qui me convenait davantage.

Je me suis promené sur le navire. J'ai fait un arrêt chez le coiffeur, qui patientait dans son commerce en attendant que la nuit se termine et que la journée commence. Il n'arrivait pas à dormir par un temps pareil, m'a-t-il expliqué en me coupant les cheveux pour beaucoup trop cher. Il a d'ailleurs failli me priver définitivement de la vue à deux reprises en me crevant un œil, à cause des vagues, bien sûr, qui berçaient le traversier avec passion. Je suis passé devant un spa, qui n'ouvrait qu'à neuf heures, puis un petit casino où j'ai perdu deux cents dollars à la roulette. Puis j'ai réintégré la cabine. Antony dormait. J'ai regardé l'heure : cinq heures treize. Je me suis déshabillé, j'ai pris un somnifère et je me suis tout de suite endormi.

Je me suis réveillé un peu après midi. J'avais l'estomac barbouillé — médicaments et alcool et sommeil aléatoire et mal de mer. Antony voulait manger au Four Seasons. J'ai refusé son invitation. Je suis resté seul et je me suis préparé un thé noir. Le bateau a tangué avec violence et j'ai renversé le liquide brûlant sur mes cuisses. J'ai hurlé. On a cogné à la porte.

— *Is everything all right ?*

J'ai entrouvert, juste assez pour voir, de l'autre côté de la porte, une jeune femme qui passait par là et que mon cri avait alertée.

— *Yes, I'm okay. I burned myself with a hot cup of tea.*

— *Okay then. Have a nice day sir. And be careful.*

Je l'ai regardée s'éloigner, puis j'ai refermé la porte. J'ai nettoyé le dégât, je me suis assis au fond de la douche et j'ai laissé l'eau couler sur ma tête jusqu'au retour d'Antony, qui m'a décrit avec beaucoup de détails les plats qu'il avait mangés et les dimensions parfaites du cul de la serveuse qui lui avait fait de l'œil pendant qu'il attendait au bar qu'une table se libère.

Nous avons accosté à Santurtzi un peu après dix-neuf heures. J'ai voulu prendre le métro, mais Antony a insisté pour qu'on hèle un taxi, même s'il savait que les routes allaient être impraticables. Nous sommes arrivés à l'hôtel abba Parque une heure plus tard. Nous avons mangé au restaurant de l'hôtel, le Botavara, et je me suis tout de suite réfugié dans ma chambre. Je me suis couché sur le lit sans fermer les yeux, et je ne me suis relevé que le lendemain, sans avoir dormi.

La neige n'avait pas cessé. Dans le hall et pendant le déjeuner, les clients de l'hôtel ne parlaient que des conditions météorologiques. J'en avais marre. Je suis sorti pour explorer la ville. Il faisait moins froid qu'à Londres, moins humide aussi. La chute lente de la neige me rappelait Toronto, ou encore les films qui se passent à New York l'hiver — et qu'on a probablement tournés à Toronto. Une neige innocente, assez jolie si on aime l'hiver, une neige presque romantique. Mais Bilbao n'est pas équipée comme Toronto et n'est pas non plus un plateau de tournage : les rues étaient désertes, les gens n'osaient pas prendre leur voiture pour sortir. Les épiceries avaient été pratiquement dévalisées au début de la tempête, et comme les chargements et les livraisons prenaient plus de temps que d'habitude à arriver, de grandes sections des tablettes étaient vides, ou presque. Les restaurants qui n'avaient pas encore fermé leurs portes faisaient des affaires d'or. Et les discothèques, derniers remparts contre l'hystérie qui menaçait de s'emparer de la race humaine, étaient bondées.

Je suis entré dans un tout petit bar qui me semblait bien parce qu'il ne jouait pas le dernier tube à tue-tête. Il n'y avait presque personne à l'intérieur. Au comptoir, une femme discutait avec le serveur. Deux personnes dansaient devant un miroir sur des vieilleries que le tenancier avait dépoussiérées pour leur plus grand bonheur. Des affiches sur les murs annonçaient un concert rock le soir même, mais elles arboraient une bannière rouge avec le mot « *SUSPENDIDO* » imprimé en grosses lettres noires. *Debido a la tormenta de nieve*, m'a annoncé le serveur, qui s'était approché de moi. J'ai commandé un rhum & coke, façon locale :

— *Un cuba libre, por favor.*

— *¡Inmediatamente, señor!* m'a-t-il répondu en s'éloignant.

Je me suis installé près de la porte, dos au mur, pour pouvoir observer la faune locale. Des gens entraient, le volume de la musique augmentait, le voile de fumée des cigarettes aussi. Vers une heure du matin, je me suis levé pour danser. J'avais beaucoup bu, et je m'étais empiffré de tapas et de *papas fritas*. J'étais dans ce bar depuis plus de dix heures. Je me sentais près de l'euphorie, une euphorie tranquille, doucereuse, presque sensuelle. À cette heure, le bar était bondé. La musique parfois étrange proposait des rythmes sur lesquels je ne savais pas danser ; je me suis tout de même abandonné et j'ai bougé un peu n'importe comment. Les gens me souriaient, tout le monde dansait un peu n'importe comment. J'avais choisi le bon endroit, semblait-il, pour l'improvisation.

Quand j'ai eu trop chaud, j'ai quitté l'établissement sans prendre mon manteau, que j'ai laissé sur la table. J'avais besoin de faire descendre ma température un peu. Je suis sorti avec un verre de vin rouge et une cigarette, gracieusement offerte par un serveur. La neige tombait toujours aussi lente et lourde. J'ai eu envie de visiter un magasin d'articles de cuisine pour acheter un plat à tarte et me mettre à cuire des desserts décadents. C'était Noël dans ma tête. Je me suis plutôt adossé contre le mur de vieilles pierres et j'ai grillé ma cigarette en expirant longuement la fumée, comme le font les acteurs de cinéma. J'ai lancé le mégot dans la neige, j'ai déposé mon verre par terre et j'ai emprunté la ruelle enneigée. J'ai marché un bon moment, en arpentant en zigzags les rues étroites du Casco Viejo. J'écoutais le craquement de la neige sous mes pas et je caressais les vieux murs de pierre du bout des doigts. J'étais tout près de verser des larmes inspirées à la fois par le bonheur que cette neige me procurait et par la vacuité de mon existence médiocre. Puis un hurlement m'a tiré de mes rêveries. Un hurlement de douleur. J'ai couru en direction du cri.

— *¡Ayúdame por favor, alguien! Help!*

J'ai tourné le coin d'une rue et j'ai découvert une femme assise dans la neige, les jambes écartées et la jupe relevée, les yeux pleins d'eau, le visage rouge, en sueur. Un peu de sang tachait la neige près d'elle. J'ai tout de suite compris : elle était en train d'accoucher.

— *Fuck*, merde ! Euh… *No hablo español muy bien. ¿Habla francés?* Est-ce que vous parlez français ?

Elle m'a répondu entre deux hurlements, dans un français teinté d'anglais, mais avec des consonnes plus douces et un accent grasseyant.

— Oui. S'il vous plaît, aidez-moi. Je ne veux pas que mon bébé naisse dans un tas de neige.

Elle s'est mise à rire et des larmes ont coulé sur ses joues. J'ai fouillé dans mes poches, mais je ne trouvais pas mon téléphone. J'avais dû le laisser dans mon manteau, au bar.

— Je vais aller chercher un taxi ou une ambulance, ne bougez pas.

— Où voulez-vous que j'aille dans cet état ?

Elle a éclaté de rire, mais une contraction l'a surprise. Elle a enfoui son visage dans ses mains et a poussé un hurlement. Je me suis mis à courir. J'ai tourné au coin de la rue et j'ai atterri au pied de la cathédrale. Il n'y avait personne. J'ai pris à gauche, puis à gauche encore. Je suis passé devant le bar. J'en ai profité pour récupérer mon manteau et mon téléphone et composer le 112 en essayant de revenir sur mes pas sans me perdre. J'ai indiqué à l'homme au bout du fil, dans un mélange d'anglais, d'espagnol plutôt rudimentaire et d'euskara approximatif, l'endroit où nous nous trouvions.

— *Artekale número treinta y uno. In front of the Ziba dress shop.*

Une ambulance n'a pas tardé à arriver. Deux paramédicaux en sont sortis en hurlant quelque chose en euskara. Ils ont aidé la femme à se relever et à monter dans le véhicule. Je les ai suivis. Un des ambulanciers a fermé la porte derrière moi et l'ambulance s'est mise en route vers l'hôpital le plus près.

— *¿Es usted el padre?*
— *In English, please...*
— *Are you the father?*

J'ai répondu que non, et on m'a interdit d'entrer dans la chambre avec Gia. Gia Kasapi, qu'elle a dit quand l'infirmière au tri lui a demandé son nom. Elle a sorti ses papiers : un passeport albanais, un passeport canadien et une carte d'assurance-maladie du Québec. J'habite à Montréal, qu'elle m'a dit quand elle a vu mes yeux étonnés. Depuis la guerre du Kosovo.

J'ai attendu qu'on vienne me chercher, moins de trente minutes plus tard.

— *It was a fast delivery. The baby was crowning. You did well by bringing her to the hospital. Now both of them are safe and healthy.*

J'ai remercié le docteur et je suis entré dans la chambre. Gia était épuisée ; elle avait les yeux gonflés, les joues rougies et les cheveux en bataille.

— Je ne resterai pas longtemps, je voulais m'assurer que tout allait bien.

— Oui, merci. C'est très gentil de m'avoir accom-
pagnée. Je suis désolée de vous avoir imposé tout cela.

J'ai souri.

— Ce n'est rien. Et on peut se tutoyer, non ? On a le
même âge, ou à peu près.

— Oui. Bien sûr.

Elle a fermé les yeux un moment, puis m'a adressé
un sourire.

— Merci. Je vais dormir maintenant. Tu voudrais
bien revenir demain ? J'aimerais avoir un peu de
compagnie.

— Demain dans quelques heures ?

Gia a souri.

— Disons en fin de journée ?

— J'ai un congrès dans l'après-midi. Je sauterai le
cocktail et je viendrai te rendre visite.

— Merci, Xavier. À bientôt.

Je l'ai saluée et j'ai quitté la chambre. J'ai regardé
mon téléphone : cinq heures trente-six. J'ai marché
jusqu'à la station San Mamés du métro, qui n'ouvrait
qu'à six heures. J'ai lu un journal qui traînait par là,
en attendant, puis j'ai pris le premier train. Je me suis
rendu jusqu'à la station Casco Viejo puisque je savais
comment retourner à l'hôtel à partir de là. J'ai emprunté
le même chemin que la veille, en sens contraire. Il ne
neigeait presque plus. Peut-être la tempête était-elle
enfin terminée. J'ai marché une vingtaine de minutes,
puis j'ai tourné à droite sur l'avenue de Sabino Arana.
J'ai aperçu à ma gauche la station San Mamés, qui était
en réalité à deux pas de l'hôtel. J'ai soupiré et tourné à

droite sur Rodriguez Arias Kalea. J'ai poussé la porte du hall et je suis monté à ma chambre en me traînant les pieds. Il était presque sept heures.

Dans l'escalier, je me suis rendu compte que je ne m'étais pas présenté à Gia. Comment pouvait-elle connaître mon nom, alors ? J'ai glissé la carte magnétique au moins vingt fois dans la fente de la serrure, dans tous les sens possibles, sans qu'aucune de ces tentatives ne provoque l'ouverture de la porte de ma chambre. Elle m'avait appelé par mon prénom… La porte s'est ouverte d'elle-même et Antony est apparu dans le cadre, en sous-vêtements, les cheveux tout ébouriffés.

— Xavier ? *What are you doing ?*

— Excuse-moi, je me suis trompé de chambre.

J'ai marché en direction de la porte voisine. Ma clé a tout de suite fonctionné. J'ai salué Antony avant de fermer derrière moi. On a cogné immédiatement.

— Tu viens d'arriver ?

— Oui. Je vais dormir, je suis fatigué.

J'ai voulu refermer la porte, mais Antony est entré dans ma chambre. Il n'avait pas l'air de très bonne humeur.

— J'espère, que t'es fatigué ! *It's seven fuckin' o'clock.* On a un *pitch* à faire dans six heures, *man.*

— Je sais, et c'est précisément pour ça que je vais me coucher.

Il s'est étiré et m'a regardé droit dans les yeux.

— Tu ne vas pas me faire le même coup qu'à Londres ? *I know I can do the job by myself, but I don't have a partner for nothing.* Xavier, merde, qu'est-ce que t'as ?

— Relaxe, Antony. Je vais dormir un peu, je vais prendre une douche froide et tout va bien aller pour le *pitch*. C'est mon produit, je le connais par cœur.

— *You know, Pullman called about London and I didn't tell on you... Don't make me change my mind and call him back.*

— Antony, retourne te coucher.

Je l'ai poussé dans le corridor et j'ai fermé la porte de ma chambre.

Je ne m'étais pas endormi sans médicaments ou sans alcool depuis un bon moment déjà. Ça m'a fait tout drôle quand je me suis réveillé : j'étais en pleine forme même si je n'avais dormi que deux ou trois heures. Je me suis habillé en vitesse et je suis descendu manger dans un petit café. Un soleil de plomb brillait dans un ciel sans nuages. La neige fondait doucement et des enfants à peine habillés se lançaient des balles de neige en hurlant. La tempête était terminée. J'allais pouvoir rentrer à Toronto. J'ai envoyé un message à Antony pour lui demander de venir me rejoindre à ma chambre une heure avant notre rendez-vous. Puis je me suis installé avec un thé à l'orange et un *pan tostado con tomate y queso*, et j'ai feint de lire le journal ; je ne comprenais à peu près rien et je n'avais pas particulièrement envie d'être au courant de quoi que ce soit.

— T'as fait ton nœud de cravate toi-même ou t'as demandé à ton père ?

— C'est quoi le problème ? Je l'ai noué comme à l'habitude.

— Yo, Xavier, calme-toi!

Antony a lancé sa mallette de cuir sur le lit en riant.

— Viens ici, je vais t'arranger ça.

Il a dénoué ma cravate, remonté le collet de ma chemise et descendu mon veston sur mes épaules. J'avais l'impression qu'il allait me déshabiller au complet, comme si nous répétions une scène d'amour pour un film de série B.

— T'as déjà embrassé un gars, toi? lui ai-je demandé.

Il a arrêté de faire le nœud de ma cravate et a reculé d'un pas.

— *What?*

Je l'ai regardé sans dire un mot. Il m'a fixé un moment, puis a repris son travail. Il a serré le nœud plutôt fort et j'ai fait semblant d'étouffer. Antony a replié le col de ma chemise, remonté mon veston et passé ses deux mains sur mes épaules comme pour s'assurer qu'aucune poussière ne venait en déshonorer le noir immaculé. Il a tiré sur les pans du veston pour mettre la touche finale à sa création. Il s'est reculé de nouveau.

— Tiens, comme ça c'est mieux.

Il a repris sa mallette.

— Si c'est ça qui t'énerve, Xavier, c'est loin d'être la fin du monde. *My sister knows a lot of people, I could ask her to set you up with a good-looking rich dude.*

J'ai éclaté de rire.

— Tu peux laisser tomber. Je ne suis pas gay. Je ne sais juste plus quoi faire de ma vie et je me suis dit que peut-être…

— Tu t'es dit qu'embrasser un gars, ça changerait quelque chose? Et tu veux m'embrasser, *moi*?

— Non, pas toi nécessairement. Ah, laisse faire.

— Ouais! Bonne idée…

Nous sommes sortis de la chambre. Le congrès avait lieu à moins de cinq cents mètres de l'hôtel, au Palacio de Congresos Euskalduna. Nous avons marché pour nous y rendre. La neige fondante rendait notre démarche sur les trottoirs plutôt aléatoire, puisque nous devions éviter les flaques d'eau et la boue. Nous sommes arrivés au palais en moins de dix minutes. Notre rendez-vous avec des sommités du Colegio Oficial de Médicos de Bizkaia avait lieu dans la salle D3.

Cette fois-ci, j'ai remporté le boniment. Avec l'aide d'Antony, bien sûr.

XAVIER
CAHIER, ENTRÉE XXX

Rêver comme on fuit — le réel et puis tout le reste. Fuir parce qu'on n'est bien nulle part et qu'on veut voir ailleurs si on y est. Et parce qu'il faut bien croire en quelque chose. Quelque chose de beau. Même si on sait qu'il n'y a rien de vrai.

Que la vie soit un feu d'artifice ou une pluie d'étoiles filantes comme dans mes rêves. Est-ce parce que la tempête est terminée que je me sens soudainement plus léger et moins vide à la fois? Ou serait-ce plutôt à cause de Gia?

Quand je ferme enfin les yeux, le rêve reprend là où il s'était arrêté. Comme si les journées n'étaient rien d'autre que des pauses. Même si on ne se retrouve pas toujours au même endroit. Il y a une frontière qui semble imperceptible mais qui est tout de même préhensible par l'esprit, et c'est celle du sommeil. Au-delà de cette affirmation, toutefois, je ne peux en dire plus sur la possibilité ou la probabilité de ce qui se passe à l'état de veille et de ce qui se passe lorsqu'on dort. C'est-à-dire: comment comprendre ce dont on n'est jamais témoin? Je ne possède que des souvenirs de mes rêves, souvenirs qui ne se rattachent à aucun événement «réel», mais qui sont tout aussi vrais que le fait que j'existe.

HOLLYWOOD

— Hollywood ! J'ai reçu une lettre de mes parents avec un peu d'argent. Tu viens magasiner avec moi.

Elle a refermé la porte comme elle l'avait ouverte. Je me suis levé, j'ai mis des bas et j'ai enfilé mes souliers. Saké m'attendait dans l'entrée.

— Ils ont dit où ils étaient ?

— Qui ça ?

— Tes parents.

— Ah… non ; lis.

Elle m'a tendu la lettre.

Saké. Nous espérons que tout se passe bien. Nous pensons à toi. Voici un peu d'argent pour tes dépenses personnelles. Salue tout le monde de notre part.

— C'est tout ?

— Hmm hmm.

— Et ça ne t'énerve pas ?

— Qu'est-ce qui devrait m'énerver ?

— Qu'ils ne te donnent pas plus d'information, qu'ils fassent comme s'ils étaient simplement partis en vacances ?

— Tu penses qu'ils sont partis en vacances ?

— Non, ce n'est pas ce que je veux dire.

Saké a pris ma tête entre ses mains.

— Yo, Hollywood. Écoute-moi bien : je ne sais pas où sont mes parents et ça ne me dérange pas. Je ne fais pas de déni, je sais que c'est triste et tout, mais je n'ai pas de peine. Je vis très bien avec l'idée de ne plus jamais les revoir. Alors arrête de t'inquiéter pour moi et de me pousser à réagir autrement. C'est ça, ma réaction : on va magasiner !

Saké m'a entraîné dans la première boutique que nous avons croisée. Par chance c'était une friperie plutôt bien ; nous aurions pu tomber sur un entrepôt de fournitures médicales ou sur un magasin de suppléments naturels.

— Tu prends ce que tu veux, qu'elle m'a dit. C'est moi qui paie.

Puis elle m'a lancé un tas de vêtements à essayer : un manteau de jeans, des pantalons en velours côtelé, des chemises à fleurs, une longue jupe et quelques perruques.

— Saké, je ne suis pas une poupée.

— Allez ! On s'amuse, c'est tout. Et puis je suis d'avis que tu pourrais oser un peu plus, côté vestimentaire.

— Oser comment ? En portant des jupes ? Non merci !

— OK. J'enlève la jupe. Mais tu essaies tout le reste.

J'ai obéi. Je me suis enfermé dans une cabine et j'ai paradé devant Saké, qui a rigolé en me voyant avec le manteau de jeans. Elle a insisté pour m'acheter les chemises à fleurs. Elle a pris quelques perruques pour elle, des jeans et des leggings, plusieurs paires de souliers et près d'une dizaine de sacs à main.

Nous sommes passés à la caisse. La vendeuse souriait : c'était une bonne journée pour elle ; Saké venait de dépenser trois cents dollars en vieilles fringues.

Dehors, je lui ai demandé combien d'argent ses parents lui avaient envoyé.

— Mille dollars. Pourquoi ?

J'ai haussé les épaules. Nous avons poursuivi notre chemin. Nous sommes passés devant un bazar de disques et de livres usagés. J'ai regardé un peu trop longtemps la vitrine.

— Tu veux entrer ?

— Non, ça va.

Elle m'a tiré par la manche.

— On y va.

Nous sommes sortis une heure plus tard avec une dizaine de vinyles, deux livres sur l'observation des oiseaux et une immense affiche laminée de Jennifer Beals : la scène de la douche dans *Flashdance*. Mon film préféré ! que Saké s'est exclamée. Je n'étais pas surpris.

Nous étions chargés comme des mulets, mais Saké a insisté pour entrer dans la boulangerie en face du bazar. Elle a acheté dix croissants, dix chocolatines, un pain aux graines de tournesol, un pain aux olives, un gâteau au fromage et une tarte au citron. Nous sommes rentrés à l'appartement. J'avais les bras meurtris d'avoir porté autant de choses, et aussi un peu mal au thorax. Je me suis couché sur le divan pendant que Saké essayait les perruques, assise par terre devant moi. Alors je lui ai raconté, pour mon opération et pour les crampes.

— Et t'en as une là, maintenant ?

— Oui. Un peu moins forte que d'habitude, par contre.

J'ai attendu avant de continuer.

— C'est la première fois que je le dis à quelqu'un. Pour les crampes.

— Pourquoi ? Tu ne veux pas que tes parents le sachent ?

— J'aimerais mieux ne pas les mettre au courant. Ils vont s'inquiéter et vont insister pour que je rencontre d'autres spécialistes. J'en ai eu assez. Je ne leur ai jamais rien demandé, et je sais qu'ils ne veulent pas me nuire, mais ça me fait un peu chier d'avoir joué au rat de laboratoire — et pour rien. Je ne me sens pas mieux qu'avant. En fait, je ne me sentais pas mal… ce sont mes parents qui s'inquiétaient. J'imagine qu'ils avaient raison et que je suis un peu sauvage, mais mon mode de vie me convient et je n'ai pas envie de changer simplement pour leur faire plaisir.

— Excuse-moi, pour tout à l'heure. Je ne savais pas.

— T'excuser pour quoi ?

— De t'avoir fait essayer tous ces vêtements.

— Ah, ça. Arrête, ce n'est rien !

On a grignoté quelques croissants et regardé la télévision en attendant que mes parents arrivent. Le reportage sur la planète Jupiter passait en reprise. J'ai été séduit par l'idée que l'on pouvait capter, avec un appareil radio à ondes courtes et une antenne dipôle, des ondes provenant de Jupiter et qui ressemblent au bruit des vagues qui se brisent en s'échouant sur une plage. Je me suis promis de l'essayer avant long-temps. Une fois le documentaire terminé, j'ai éteint la télévision.

— Il te reste combien d'argent ?

Saké a fouillé dans ses poches, puis lancé une grosse liasse de billets par terre. Je l'ai aidée à compter.

— Deux cent soixante-cinq dollars. C'est pas mal.

— Et tu vas faire quoi maintenant ?

— J'essaie d'en accumuler suffisamment pour aller vivre à San Francisco pendant un bout de temps.

Elle s'est levée, comme si une idée de génie venait de la foudroyer.

— Tu devrais venir avec moi !

— Qu'est-ce qu'on ferait à San Francisco ?

— Je ne sais pas. J'ai demandé à quelques personnes au travail s'ils pouvaient me recommander là-bas, auprès d'un studio de coiffure. Ils ont des contacts. Rien n'est définitif, mais que ça fonctionne ou pas, j'y vais quand même. J'éplucherai les petites annonces. Je pourrais jouer du tambourin dans un groupe de musique. Toi, tu pourrais devenir journaliste, écrire sur la scène musicale *underground*, quelque chose du genre. On passera des après-midi complets à ne rien faire. On dévalisera les friperies de Haight-Ashbury. Je vais peindre des fresques monumentales et on deviendra riches. Tu seras mon agent. Tu négocieras avec les galeries pour moi. On mangera tard le soir et on dormira tout le jour. On braquera des banques et on ira au cinéma en matinée. On s'achètera une voiture qu'on jettera dans l'océan. On escaladera les collines et on lancera des confettis dans le vent. J'apprendrai l'espagnol et toi le russe et on chantera des chansons folkloriques dans les Cable Cars. On ira nourrir les goélands sur l'île d'Alcatraz et on traversera la baie à la nage. Je m'inscrirai à UC Berkeley et je me ferai expulser parce que je n'aurai pas d'argent pour payer les frais de scolarité. Tu deviendras danseur de ballet.

— OK, que j'ai dit. OK. On y va. T'as combien d'argent de côté ?

Mon enthousiasme soudain l'a prise au dépourvu.

— Euh… je ne sais pas trop. Pas encore assez, peut-être mille, deux mille ?

— Parfait. Ça me donne le temps de ramasser un peu d'argent, moi aussi. Et pour tes cours ?

— J'achève. J'aurai mon diplôme à la fin du semestre. Et toi ?

— Moi, je n'achève pas, mais ce n'est pas très grave. On se donne quelques mois encore ?

— Oui, quelques mois.

Nous nous sommes levés en même temps et nous nous sommes serré la main pour officialiser le tout.

Après le travail, je me suis rendu au parc où Chokichi m'attendait.

— Salut. Ça va ?

— Oui et non. Mes parents m'ont foutu hors de la maison.

Chokichi m'a raconté : ses parents ont appris que leur fils vend de la cocaïne et d'autres stupéfiants et ils l'ont renvoyé en hurlant qu'il déshonorait la famille et qu'ils ne voulaient plus entendre parler de lui avant qu'il ne se soit repris en main.

— Alors j'ai pensé : est-ce que je pourrais habiter chez toi un moment ?

— Moi, ça me ferait plaisir. Mais je ne suis pas sûr, pour mes parents, étant donné que Saké vient d'emménager avec nous. Il va falloir que je leur en parle.

Il m'a offert une cigarette. Nous avons fumé en silence. Les vieilles balançoires grinçaient dans le vent. La rue était vide, le parc désert, la nuit tombée et les étoiles invisibles, comme d'habitude. Je me suis demandé si le ciel était tout aussi nu à San Francisco, s'il était possible d'apercevoir Jupiter en plus d'en écouter les ondes à la radio.

— Je déménage à San Francisco avec Saké, que j'ai annoncé à Chokichi sans autre forme de préambule.

— Quoi?

— Pas tout de suite, dans quelques mois. Je ne sais pas pour combien de temps. Je vais travailler quelques soirs de plus par semaine au cimetière, d'ici là, pour accumuler assez d'argent pour être en mesure de payer l'appartement qu'on va louer, jusqu'à ce qu'on trouve du travail ou quelque chose à faire.

— Attends, pas si vite. Recommence.

— Recommence quoi?

— Explique-moi un peu… d'où ça sort, cette idée?

— Je ne sais pas. C'est Saké qui m'a parlé de ça aujourd'hui, et puis euh… j'ai envie d'essayer, de faire quelque chose de ma vie, quelque chose d'un peu fou. Tu n'as jamais le désir d'aller voir ailleurs si tu y es? Je ne veux pas changer de vie, mais changer d'air un peu, trouver d'autres raisons de me lever le matin.

— Tu ne te lèves jamais avant midi, Holly.

— Je sais.

— Mais bon, oui, je comprends ce que tu veux dire.

— Alors là, comme j'ai follement envie d'y aller avec elle, je m'en voudrais de ne pas sauter sur l'occasion.

On en a discuté encore un moment, puis j'ai voulu rentrer et écouter de la musique et me coucher sur le balcon et ne plus penser à rien. Mais Chokichi m'a montré son sac de voyage, et je me suis souvenu qu'il n'avait nulle part où aller. Je lui ai emprunté son téléphone.

C'est Saké qui a répondu.

— Oui ?

— C'est moi.

— Holly, salut !

— Mes parents sont couchés ?

— Non, ils sont en train de faire des muffins.

— C'est vrai ?

— Tu penses quoi ? Il est une heure du matin. Oui, ils sont couchés. Pourquoi ?

— Parce que Chokichi s'est fait mettre dehors par ses parents. Je voulais leur demander s'il peut habiter avec nous en attendant qu'il trouve une solution.

— OK. Il peut prendre le divan.

— Il faudra quand même que j'en discute avec mes parents demain…

— Hey, Hollywood, attends !

— Quoi ?

— Rajani et Arnaud ont une chambre d'amis dans leur appartement. Je te rappelle dans dix minutes.

Elle a raccroché sans me demander d'où je téléphonais. Comme il était peu probable qu'elle connaisse le numéro de Chokichi, nous avons marché jusque chez nous. Saké était sur le balcon et nous a envoyé la main.

— Attendez-moi, je descends !

Elle a mis dix minutes avant de nous rejoindre sur le trottoir.

— Bordel… tu faisais quoi en haut ?

— J'avais oublié de fermer la télé et j'ai été retardée par un bout de film qui avait l'air intéressant.

— Alors, tu as parlé à Rajani ?

— Oui. Et ils sont intéressés. On peut y aller tout de suite : ils recevaient des amis, qui viennent tout juste de partir.

Nous avons marché jusque chez Rajani. Arnaud a ouvert la porte avec un plateau d'olives et de craquelins dans la main.

— Mangez, il nous reste beaucoup trop de bouffe !

Il nous a poussés tous les trois vers la cuisine. Rajani finissait de laver les assiettes et les verres. Il y avait tout un tas de nourriture sur la table : des hors-d'œuvre — de la tapenade, encore d'autres olives, des cœurs d'artichauts farcis, des barquettes moules-mayonnaise, des conserves salées, de la terrine de lapin —, un cassoulet de mouton, de la daurade aux tomates, de la soupe au crabe, une tourte aux anchois, et des desserts, évidemment : un gâteau de riz, une tarte aux fraises meringuée, des tuiles aux amandes et une sauce aux abricots. Plusieurs bouteilles de vin, la plupart vides, quelques-unes à peine entamées. Pendant qu'Arnaud nous informait du menu du jour, Rajani a distribué quelques embrassades et nous nous sommes assis autour de la table.

— Vous étiez combien pour le repas ? ai-je demandé.

— Quatre. Deux amis, Rajani et moi.

Rajani a expliqué rapidement le thème de la soirée : la Provence, région d'origine d'Arnaud. Il s'est laissé emporter par son enthousiasme et a cuisiné durant deux jours, et maintenant ils ont de quoi se nourrir pour la prochaine semaine. Saké a sauté sur la tarte aux fraises et je me suis pris une portion assez généreuse de daurade. Chokichi s'est fait prier pour manger quelque chose et a finalement opté pour un bol de soupe et quelques barquettes. Arnaud grignotait des olives en nous regardant manger.

— Je ne savais même pas que tu étais Français, a dit Saké entre deux bouchées. Tu n'as pas d'accent.

— J'habite ici depuis très longtemps. J'avais cinq ans quand nous avons quitté Toulon. Ma grand-mère y habite toujours et je vais lui rendre visite tous les deux ans, plus ou moins. C'est elle qui m'a montré à cuisiner.

Nous avons mangé en silence, puis Chokichi a mis ses cartes sur la table.

— Alors Saké m'a dit que vous seriez prêts à me louer une chambre pour quelque temps.

Ils ont discuté de prix et de durée, et je me suis gavé de daurade et de tuiles aux amandes. J'ai bu plusieurs verres de vin et je me suis senti soudainement très fatigué. Une crampe m'a traversé la poitrine et Saké s'en est aperçue. Elle s'est levée et a prétexté une activité le lendemain matin pour se diriger vers la sortie. Je l'ai suivie. Nous nous sommes tous embrassés comme de grands amis, une fois de plus, et j'ai laissé Chokichi avec Rajani et Arnaud. Saké et moi avons attrapé un bus pour rentrer. Il était quatre heures. La nuit pâlissait déjà et annonçait un jour de soleil et de chaleur intense, encore. Je me sentais plutôt las et j'ai regardé par la vitre de l'autobus durant les cinq minutes qu'il a prises pour se rendre chez nous. Je me suis traîné les pieds dans les escaliers et Saké a eu la gentillesse de ne rien dire. Nous nous sommes souhaité une bonne nuit et je me suis enfermé dans ma chambre sans même passer par la salle de bain pour me brosser les dents. J'ai mis un disque de Joni Mitchell sur la table tournante, *For the Roses*, et placé l'aiguille sur le premier sillon de la chanson *You Turn Me On I'm a Radio*. Je me suis endormi au milieu de la chanson suivante, *Blonde in the Bleachers*. Ça ne m'était pas arrivé depuis très longtemps de m'endormir aussi vite.

HOLLYWOOD
PETIT POÈME ILLÉGITIME N° 12

mon corps dans le brouillard
et j'habiterai dans un film d'époque
parce que je suis en noir et blanc sur une route
                              [jamais empruntée

APRÈS LE MARCHAND DE SABLE

Ils restent longtemps debout devant la fenêtre trouée, à regarder cette pluie d'étoiles filantes. Ils ne disent rien. Ils pensent tous les deux que le ciel finira bientôt par s'éteindre, à ce rythme. Puis Hollywood s'exclame.

— Il fait froid ici !

— Mais il ne neige pas. Il ne neige plus.

XAVIER

J'avais envie de danser. Et je me trouvais à la fois beau et idiot. J'ai toujours jugé négativement les gens qui calquent leurs états d'âme sur la météo. Cette fois, c'était plus fort que moi. Le soleil brillait et j'avais envie de danser.

Antony a bien voulu m'accompagner à l'hôpital, d'une part parce qu'il ne croyait pas à mon histoire et d'autre part parce que nous n'avions rien à faire de la journée : Pullman nous avait payé à tous les deux des billets d'avion en classe affaires, mais nous devions patienter jusqu'au lendemain soir parce que le ciel était congestionné : tout le monde voulait retourner en Amérique en même temps, semblait-il, et maintenant que le trafic aérien avait repris, les vols étaient pleins à craquer.

Nous sommes passés à l'hôtel pour enfiler des vêtements moins élégants et nous avons hélé un taxi. Nous sommes arrivés à l'hôpital en cinq minutes à peine. J'ai acheté un bouquet chez le fleuriste du premier étage, puis nous nous sommes dirigés vers la chambre de Gia.

La chambre était vide. J'ai apostrophé une infirmière qui passait dans le corridor ; elle m'a expliqué

que Gia était partie le matin même ; les nouvelles ma-
mans ne restent plus très longtemps à l'hôpital quand
leurs bébés sont en parfaite santé. Je lui ai demandé si
Gia avait laissé un numéro de téléphone où je pourrais la joindre. Ces informations sont confidentielles,
m'a-t-on dit, d'abord en espagnol, puis en anglais, et
finalement en français dans un soupir d'exaspération.
L'infirmière nous a escortés, Antony et moi, jusqu'à
l'entrée principale de l'hôpital, et elle est restée plantée
près de la porte pour s'assurer que nous quittions bel
et bien les lieux.

— Conasse ! ai-je laissé échapper en m'assoyant sur
le trottoir. Elle aurait pu me donner son numéro de téléphone, au moins… je n'ai pas demandé son adresse
ni son numéro d'assurance sociale.

— *Well, if this was a soap opera or a TV drama, I
would sneak in from the back and steal her coordinates
from the nurse's desk*, a constaté Antony. Veux-tu que
j'essaie ?

— Non, ce n'est pas nécessaire.

J'ai soupiré.

Antony m'a offert une cigarette et a mis son bras
autour de mes épaules. J'ai fumé sans rien dire, puis
nous nous sommes levés. J'ai jeté les fleurs dans la
poubelle la plus proche. Nous avons marché jusqu'à
l'hôtel, où Antony m'a abandonné ; il avait envie de
sortir et nous nous sommes mutuellement souhaité
une bonne soirée.

J'ai grimpé sur le lit avec le menu de Telepizza
qui trônait sur la table de chevet et j'ai commandé
deux pizzas, des frites, quelques sandwiches, deux

bouteilles de Coca-Cola et une tarte au chocolat. J'aurais suffisamment de vivres pour subsister jusqu'au lendemain. J'ai demandé à la réception de faire monter la nourriture lorsque le livreur arriverait à l'hôtel ; entre-temps, j'avais envie d'une petite séance au gymnase de l'hôtel et d'essayer les bains turcs dont on nous avait parlé à notre arrivée.

J'ai pédalé quelques minutes sur un vélo stationnaire, mais je me suis rapidement lassé de l'exercice. Le bain turc empestait l'eucalyptus et ça m'a donné la nausée. Je suis passé devant la piscine et j'ai tout de suite eu envie de nager. Je n'avais pas mon maillot avec moi et surtout pas envie de descendre à ma chambre pour aller le chercher. Je me suis assuré que personne n'était en train de se changer, ni dans le vestiaire des hommes ni dans celui des femmes, et j'ai enlevé tous mes vêtements ; je me suis jeté à l'eau complètement nu. Évidemment, après trois longueurs seulement, une petite famille de quatre a fait son apparition. J'ai nagé encore plus vite ; si je continuais de bouger, ils ne risquaient pas de se rendre compte de ma nudité. La mère s'est installée sur une chaise avec un livre et le père s'est mouillé avec ses deux jeunes enfants. J'ai profité de ce que personne ne regardait dans ma direction pour sortir de l'eau et courir jusqu'au vestiaire. Je me suis séché et je suis redescendu à ma chambre avec une serviette autour de la taille, mes vêtements en boule dans les mains.

Un tas de nourriture m'attendait sur le petit bureau. J'ai enfilé des sous-vêtements et j'ai ouvert une boîte de pizza. J'ai commandé un film : *Breakfast at Tiffany's*. J'ai pris une petite bouteille de rhum cubain, que j'ai vidée dans un grand verre pour ensuite inonder l'alcool de Coca-Cola. J'ai bu comme ça au moins dix verres en regardant le film et en mangeant toute une pizza. La vie me faisait chier de nouveau, mais comme je ne peux résister au charme d'Audrey Hepburn, je me suis laissé aller à la nostalgie qui m'a envahi. Ses grands yeux bruns, ses chapeaux et ses lunettes de soleil, son accent étrange, ses gants de bourgeoise paumée, ses bijoux et ses robes Givenchy, ses cils et son sourire, son porte-cigarette immense, tout ça m'hypnotise chaque fois. J'en suis même arrivé à oublier que le film est plutôt timide par rapport au roman de Truman Capote, ainsi que l'affreuse performance de Mickey Rooney, et j'ai chanté *Moon River* avec Audrey Hepburn, la bouche pleine de fromage et de sauce aux tomates. Je ne suis peut-être pas une poupée mondaine à moitié écervelée et à moitié prostituée comme Holly Golightly, mais je me suis narcissiquement identifié à son personnage au point de me surprendre en train de rêver, pendant que le générique défilait, de vivre moi aussi une histoire d'amour de la sorte. N'importe quelle histoire, en fait, plutôt que la mienne.

: :

— Tu prends quoi pour dormir? m'a demandé Antony.

— Même chose que toi.

Il m'a glissé deux comprimés dans le creux de la main. J'ai commandé un scotch, *on ice*, à l'agente de bord. Je me suis endormi vingt minutes plus tard.

Nous avons atterri à Toronto juste à temps : la neige venait de recommencer. La deuxième masse dépressionnaire dont avait parlé Paloma sur France 2 venait de remonter les Grands Lacs jusqu'au Golden Horseshoe.

Comme Antony habite Cabbagetown et moi West Queen West, nous sommes montés tous les deux dans le même taxi, qui m'a déposé devant mon immeuble deux heures plus tard avant de poursuivre sa route avec Antony à bord. Je suis monté chez moi et j'ai lancé mes valises sur le plancher du salon. J'ai regardé par la fenêtre la neige tomber dans le parc juste en face, de l'autre côté de la rue. Puis j'ai tiré les rideaux et je me suis couché sur le lit sans même enlever mon manteau ni mes souliers. C'est une habitude que j'ai, et quand j'ai envie d'un peu de tragique, je lève l'ancre comme ça et je me sens au moins un peu en adéquation avec mon existence médiocre.

Je me suis réveillé en pleine nuit, à trois heures trente-sept. J'ai fait chauffer de l'eau et je me suis servi une gigantesque tasse de thé vert à la mandarine. J'ai allumé quelques lampes ici et là et j'ai choisi un DVD au hasard dans ma collection : *Bonnie and Clyde* avec Warren Beatty et Faye Dunaway. J'ai fouillé dans le frigo, mais il y avait si longtemps que j'étais parti que tout ce qu'il contenait était moisi ou séché. J'ai jeté à la poubelle un plat de saumon, quelques tomates, du fromage cottage, des citrons, un bouillon de légumes, des céleris, du poulet et un contenant de lait. J'ai pris quelques boîtes dans le garde-manger et des pâtes sèches et j'ai cuisiné rapidement un macaroni aux tomates avec des haricots jaunes, que j'ai arrosé de parmesan en poudre et de poivre noir du moulin. J'ai mangé à même le chaudron pour éviter de salir trop de vaisselle, assis sur le plancher devant la télévision. Quand il est devenu évident que Bonnie et Clyde allaient être fusillés, j'ai ouvert ma valise et j'ai commencé à lancer par terre ce qu'elle contenait. J'ai fait des piles: vêtements propres, vêtements à laver, articles de toilette, passeport et autres cartes d'identité, factures à conserver, papiers à jeter, etc. Puis, tout au fond, j'ai trouvé un petit sachet de pot-pourri que je ne me souvenais pas d'avoir placé là. En fait, j'étais certain de ne pas l'avoir déposé au fond de ma valise moi-même puisque je déteste le pot-pourri; l'odeur me donne à tout coup un mal de bloc dont j'arrive difficilement à me défaire. Je me suis levé pour le jeter aux poubelles. J'ai dénoué le ruban qui retenait le petit filet et j'ai versé le contenu du sachet sur la nourriture avariée dont je venais de me débarrasser. Un bout de papier blanc est tombé en même temps qu'un bâtonnet de cannelle et qu'une pelure de pomme vernie. Je l'ai cueilli dans la poubelle et je l'ai observé un moment. Un numéro de téléphone y avait été gribouillé à la hâte. 514.103.3390. C'était Gia, sans aucun doute.

J'ai laissé un message, puisque personne ne répondait. Je lui ai donné mon numéro de téléphone ainsi que celui de mon portable, et j'ai décidé de ne pas bouger de chez moi jusqu'à ce qu'elle m'appelle. Si elle m'avait laissé son numéro de téléphone à Montréal, c'est qu'elle devait être sur le point de rentrer.

Le lendemain, comme j'étais toujours sans nouvelles d'elle, j'ai effectué quelques recherches sur
Internet et j'ai découvert qu'on doit attendre habituellement trois semaines avant de prendre l'avion avec
un nouveau-né. À moins que Gia n'ait choisi de revenir en Amérique par bateau — ce qui serait très éton-
nant —, j'allais devoir patienter avant qu'elle ne me
rappelle. J'ai donc laissé un nouveau message, expliquant la découverte que je venais de faire et proposant
de lui rendre visite à Montréal dès son retour. Je lui ai
donné mon adresse de courrier électronique avant de
raccrocher.

J'avais rendez-vous avec Pullman le lundi suivant
mon retour; le lendemain, donc. J'en avais marre de
manger du macaroni et des haricots jaunes; je me
suis rendu à l'épicerie à pied, un trajet qui me prend
habituellement quinze minutes mais que j'ai marché
en trente-cinq à cause de la neige et du vent. Un tramway s'était embourbé à l'intersection des rues King et
Strachan et une équipe d'employés de la TTC tentait
de dégager la voie. La neige s'accumulait presque aussi
rapidement qu'ils en disposaient.

J'ai pris un taxi pour revenir parce que je venais de
dépenser près de deux cents dollars à l'épicerie: j'avais
de quoi subsister jusqu'à ce que Gia décide de me rap-
peler. Pendant mon absence, Antony m'avait laissé un
message afin de me demander si je voulais sortir avec
lui au Park Hyatt pour prendre un verre après notre
réunion. J'ai décliné poliment: j'attends un appel important, je préfère rester chez moi, tu peux venir si tu
veux.

: :

J'ai demandé deux mois de congé à Pullman et il a accepté, à ma grande surprise. *You made two big sales, you deserve it*, m'a-t-il dit. J'étais prêt à négocier avec lui, à assumer moi-même les frais de ces vacances improvisées en acceptant un congé sans solde, mais je n'ai pas bronché quand il m'a offert cinquante pour cent de mon salaire durant deux mois. Il m'a donné quatre gros cartables à étudier avant de revenir : des nouveaux produits que la compagnie allait bientôt ajouter à son catalogue. Antony a quant à lui accepté une prime importante à condition de repartir très bientôt. Pullman l'enverrait représenter la compagnie à un congrès dans les Antilles néerlandaises ; en plein son genre d'événement.

Nous avons pris le tramway sur Queen pour revenir chez moi, mais nous sommes descendus un coin de rue plus tôt. Antony voulait aller chez Czehoski manger des pierogis.

— Ils les fourrent aux *sweet potatoes, with smoked gouda, man, they're the best I've ever had!*

Nous nous sommes installés au bar et j'ai commandé une bière et une assiette d'huîtres. Nous avons mangé, beaucoup bu, puis nous sommes rentrés chez moi à pied.

— À part la bouffe, l'alcool et les films en DVD, il n'y a pas grand-chose qui m'allume dans la vie, ai-je soupiré en m'effondrant sur le divan. Par moments, j'aimerais ça être comme toi.

— Qu'est-ce que ça veut dire, « être comme moi » ?

— Je ne sais pas… ne pas me poser de questions et vivre ma vie dans le sens du monde.

— Tu penses que je suis un imbécile heureux, c'est ça ?

— Non, et tu sais que ce n'est pas ce que je veux dire. Mais dans la vie, toi, tu te satisfais de ce que tu as et de ce que tu fais et je n'arrive pas à être comme ça.

— *Man, I hope these two months off will do you good 'cause now you're kind of a bummer to talk to.* T'es peut-être fatigué, non ?

— Ouais, ça doit être ça….

J'ai préféré changer de sujet au lieu de m'enfoncer dans une conversation que ni lui ni moi n'avions envie d'avoir. Antony a choisi un film dans ma collection, *Strangers on a Train* d'Alfred Hitchcock, que nous avons écouté en buvant du vin chaud. Il s'est assoupi avant la fin du film et je l'ai laissé dormir sur le divan. Je suis allé me coucher dans mon lit, mais je n'arrivais pas à m'endormir. Je ne voulais pas prendre de somnifères, alors j'ai allumé la petite télévision sur la commode et j'ai écouté un reportage sur la planète Jupiter jusqu'à ce que je m'endorme d'épuisement.

XAVIER
CAHIER, ENTRÉE XXIII

Il m'a annoncé qu'il déménageait à San Francisco comme s'il avait peur que je sois déçu ou fâché. Je ne pense pas que ça change quoi que ce soit à nos rencontres oniriques, lui ai-je répondu. Et ça m'a donné une idée : moi aussi je vais changer de vie. Je vais vendre mon appartement et partir pour Montréal.

Être un peu plus proactif et imiter ceux qui, dans les films comme dans la vie, sont capables de tout plaquer pour quelqu'un qu'ils viennent juste de rencontrer. Même si ça se termine la plupart du temps plutôt mal.

Il m'a dit qu'à Montréal c'est l'été depuis presque un an. Je lui ai dit qu'il neige sur l'Occident depuis plusieurs semaines. Puis on a évoqué les mêmes événements tous les deux, les mêmes actualités, celles dont nous étions au courant malgré notre manque d'intérêt mutuel pour les choses du monde.

De jour, je patine. Dans tous les sens du terme.

HOLLYWOOD

Depuis que j'ai pris la décision de partir, tout me semble insupportable. J'imagine que c'est normal. N'empêche que j'ai vraiment envie de foutre le camp le plus vite possible. J'ai demandé plusieurs quarts de travail supplémentaires par semaine afin d'amasser de l'argent plus rapidement. Et j'ai abandonné tous mes cours. De toute façon, je n'allais pas obtenir de diplôme à la fin de la session ; il ne me sert à rien d'étudier, de faire les travaux, d'assister aux séances alors que je peux racler et planter des haricots au cimetière et lire des livres sur l'astronomie jusqu'aux premières heures du jour en écoutant de la musique, puis dormir jusqu'en après-midi, racler et planter des haricots au cimetière et lire des livres d'astronomie, etc.

— Tu savais qu'il y a présentement plus de soixante feux de forêt en train de brûler au Québec ? En février !
J'ai avalé une bouchée de pain.
— Il fallait s'y attendre, avec une chaleur pareille. Ce qui m'étonne, c'est qu'on ne s'étonne pas plus que ça. Il fait trente degrés le 27 février… !

— Tu penses que ça va durer encore longtemps? m'a demandé Saké.

— Comment est-ce que je pourrais le savoir? Je n'en ai aucune idée.

Elle a avalé la dernière gorgée de son jus d'orange. Ce matin-là, Saké avait congé et s'était levée peu avant moi, vers midi. Elle avait préparé le déjeuner pour nous deux.

— À San Francisco, il fera moins chaud, a-t-elle annoncé.

J'ai acquiescé en marmonnant, la bouche pleine. Oui, il fera probablement moins chaud là-bas. Et il y aura du brouillard.

Saké a pris un paquet de feuilles sur le comptoir.

— J'ai trouvé ça dans ta chambre hier. Je cherchais un livre, un magazine ou quelque chose à lire, et je suis tombée là-dessus.

Elle a jeté les feuilles sur la table.

— Je ne savais pas que tu écrivais des poèmes… C'est parfait!

J'étais trop intrigué par son commentaire pour même penser à m'insurger contre cette violation de mon intimité.

— C'est parfait? Selon quels critères?

— Pour San Francisco…

— Hein?

— Ouais, il y a des tas de poètes là-bas, tu pourras gagner ta vie comme ça, en publiant tes poèmes.

— On n'écrit pas des poèmes pour gagner sa vie.

— Eh bien, pourquoi alors?

— Euh… je ne sais pas… parce que certaines choses ne s'expriment pas autrement.

Elle m'a regardé comme si elle ne comprenait pas ce que je venais de dire, alors que cela me paraissait pourtant simple.

— De toute façon, je ne veux pas publier ces poèmes-là, et en plus ils sont écrits en français : ça n'intéressera personne.

Je me suis levé et j'ai déposé mon assiette dans l'évier.

— Tu vas faire la vaisselle ? ai-je demandé.

— Non ! J'ai préparé le déjeuner ; c'est toi qui t'occupes de la vaisselle.

J'ai mis un disque sur la platine dans ma chambre et j'ai monté le volume des haut-parleurs au maximum. J'ai laissé la porte ouverte pour mieux entendre la musique dans la cuisine. Saké avait décidé de faire des exercices d'aérobie dans le salon et a choisi avec moi quel album mettre à tue-tête dans l'appartement. Quelque chose qui incite à la fois à se dépasser dans une séance de *Jazzercise* et à laisser ses pensées errer en lavant la vaisselle. J'ai proposé Joni Mitchell ; Saké a préféré quelque chose de plus rythmé, de plus approprié à l'exercice physique : l'album éponyme de Wild Cherry, avec leur plus grand succès, *Play That Funky Music*.

Pendant que je récurais une casserole que Saké avait utilisée pour une raison que j'ignorais, j'ai eu l'impression que mon cœur venait de se mettre à battre, soudainement. Je savais bien que c'était impossible puisque je n'ai plus de cœur, mais c'était tout comme : j'ai senti une étrange pulsation dans ma poitrine, très différente des crampes qui me prennent parfois.

Le choc m'a étourdi, et j'ai dû m'agripper au comptoir pour ne pas tomber. J'ai inspiré longuement, puis j'ai pris mon pouls pour vérifier je ne sais quoi; tout m'a semblé normal. C'était peut-être la petite machine qu'on m'avait installée qui venait de se mettre en marche, momentanément, pour pallier une baisse de tension, ou que sais-je encore. J'ai attendu un moment, d'abord que la chanson se termine, puis d'être certain que je n'allais pas mourir, pour continuer à frotter le fond de la casserole. Trop tard: j'avais perdu le sens des choses; j'avais conscience que j'étais en train de faire la vaisselle, que Saké dansait dans le salon, que les haut-parleurs de ma chambre crachaient *Don't Go Near the Water*, toutefois, rien de cela n'avait de sens. Comme si, dans l'absolu, rien n'était vraiment: les objets autour de moi, les actes que je n'avais pas cessé de poser, la musique, cela m'apparaissait d'une telle façon parce que mon cerveau *percevait*. Si je n'existais plus, si je cessais de respirer, qu'est-ce qui allait advenir des choses et des êtres?

Je me suis secoué. Cet égarement m'avait donné le vertige. Je me suis assis sur le plancher, le dos contre les armoires, et j'ai fermé les yeux.

— Euh… Tu fais quoi, couché par terre?

J'ai ouvert les yeux. Saké était debout à mes pieds, en sueur, haletante. Je me suis hissé sur les coudes et je lui ai souri.

— Rien.

Puis je me suis levé et je suis retourné à la casserole.

— Tu voudrais m'expliquer ce qui a brûlé au fond de ce chaudron? ai-je demandé en l'agitant devant elle.

— J'ai voulu faire des œufs bénédictine. D'abord, j'ai raté les œufs pochés. Puis j'ai oublié la sauce hollandaise sur le rond tandis que j'essayais de griller les tranches de jambon. J'ai tout jeté.

HOLLYWOOD
PETIT POÈME ILLÉGITIME N° 13

je ne vois pas
la mer de mon lit

je redeviens fantôme

APRÈS LE MARCHAND DE SABLE

Cette fois ils se retrouvent dans l'appartement de Xavier. C'est la première fois qu'ils se rencontrent ailleurs que dans une chambre d'hôtel. Ils sont un peu mal à l'aise tous les deux, comme des amants qui partagent pour la première fois un morceau de leur quotidien. Ils décident de sortir et de se promener. Ça aussi, c'est une première. Ils ne bougent que très rarement. Habituellement, ils restent assis et discutent pendant un moment avant de disparaître.

Il neigeait toujours lorsque Xavier s'est endormi, mais dans son rêve il n'y a aucun nuage. Les lumières de la ville sont toutes éteintes. Ils marchent la tête renversée parce que le ciel est encore strié de traînées lumineuses et qu'ils ne veulent pas rater le spectacle magnifique qui s'offre à eux. Les étoiles tombent comme de la pluie.

— Tu penses que c'est vrai, tout ça?

— Les étoiles filantes?

— Entre autres. Mais je veux dire: nos rêves, ce sont des rêves ou bien autre chose?

Xavier ne répond pas tout de suite. Ils s'arrêtent devant un abribus. Hollywood s'assoit avant d'expliquer.

— Chez moi, c'est l'été. Tu me diras : en février, ça ne se peut pas. Mais c'est comme ça. C'est l'été. En février. Ici, il fait froid, il y a de la neige… ce serait un rêve, donc. Mais mes rêves sont habituellement beaucoup moins cohérents, et j'arrive difficilement à me souvenir de leur contenu. Par contre, tout à l'heure, quand je me réveillerai, je me souviendrai de tout ce qu'on a fait et de tout ce qu'on s'est dit.

— Je sais…

Le téléphone de Xavier sonne. Ils sursautent tous les deux.

— C'est mon patron, il faut que je réponde.

Hollywood se lève et s'éloigne. La nuit s'achève. Le ciel tire davantage sur le bleu que sur le noir. Les étoiles disparaissent. Les traînées lumineuses sont de plus en plus faibles, de moins en moins fréquentes. Aucune lumière ne paraît pourtant dans les édifices tout autour. Il doit y avoir une panne d'électricité.

Xavier raccroche et fait signe à Hollywood qu'il peut revenir.

— Il faut que je parte pour New York après-demain. Une urgence : un représentant a eu un accident de voiture plutôt grave. Il n'y a personne d'autre que moi qui puisse le remplacer.

XAVIER

En me réveillant un peu avant midi, j'ai tout de suite vérifié mon téléphone pour m'assurer qu'il s'agissait bien d'un rêve, que Pullman ne m'avait pas appelé en plein milieu de la nuit et que je ne devais pas boucler mes valises et partir pour New York dans l'après-midi. J'avais un message : un billet Amtrak pour le lendemain matin, départ de Union Station à huit heures trente, arrivée à Penn Station à New York à vingt et une heures trente-cinq, avec une note de Pullman : « *I couldn't find a ride for this afternoon so you're leaving tomorrow morning. I'll have someone pick you up at Penn Station to bring you to the hotel. I sent you the literature about the drug by messenger this morning. You should get it soon. Sorry this is not air travel : I figured the train would be more reliable in these harsh conditions, weather-wise.* » Je n'avais pas rêvé. Mais en fait si, j'avais rêvé. Je me suis lancé dans la douche et j'ai mis l'eau bien froide pour essayer de comprendre les choses. On a sonné à ma porte. J'ai coupé l'eau, enroulé une serviette autour de ma taille et je suis allé répondre.

— *I have a special delivery for mister Xavier Adam*, a annoncé l'homme en uniforme rouge et jaune.

J'ai signé mon nom sur la tablette numérique qu'il m'a tendue. Il est tout de suite parti en me laissant entre les mains un gros cartable d'information et de documentation sur le médicament que j'allais présenter à New York. Je me suis installé à la table de la cuisine pour regarder ce dont il s'agissait : un stimulant de la motricité intestinale pour traiter la constipation. Palpitant.

J'ai téléphoné une nouvelle fois à Gia avant de m'habiller. Toujours pas de réponse, mais plus de boîte vocale. L'avait-elle fait annuler sans écouter mes messages ? J'ai composé de nouveau, pour m'assurer que je n'avais pas fait le mauvais numéro. Aucune réponse, même après trente sonneries. J'ai abandonné et je suis allé enfiler des vêtements.

J'ai marché jusqu'à un café pas très loin de chez moi et je me suis attablé avec un thé vert aux baies de goji. J'ai ouvert le cartable et j'ai lu quelques pages. Comme le texte ne m'intéressait pas, je me suis plutôt concentré sur ce qui se passait dehors. Pendant un moment j'ai observé les passants se battre avec la neige pour avancer. J'étais surpris que, par une température pareille, les bureaux et commerces du centre-ville n'aient pas fermé leurs portes. Je m'emmerdais ; j'ai jeté le cartable dans mon sac, demandé un gobelet pour apporter ce qu'il me restait de thé et suis retourné chez moi.

J'ai mis dans une valise quelques paires de souliers, des vêtements, des articles de toilette, ainsi que le cartable. J'aurais amplement le temps de le consulter dans le train ou encore à l'hôtel avant le boniment. Antony m'a appelé au moment où je fermais la valise.

— T'es libre *right now* ? m'a-t-il demandé.

— Oui. Rien au programme d'ici demain matin.

— *OK : meet me at the Pegasus on Church Street.*

Il a raccroché. Je me suis rhabillé et j'ai appelé un taxi. Je n'avais pas envie de marcher, j'en aurais eu pour une bonne heure.

J'ai attendu dans le hall de l'immeuble plus de vingt minutes avant que la voiture n'arrive. Je me suis engouffré à l'arrière et j'ai donné les indications au chauffeur.

Antony avait déjà bu deux verres lorsque je suis enfin arrivé.

— *So. You're off to New York City tomorrow?*

J'ai acquiescé.

— Pas que ça me fasse particulièrement plaisir, mais Pullman ne m'a pas donné le choix.

— Ouais, il m'a raconté. Mais tu te réjouiras quand tu recevras ton *bonus.*

Une table de billard venait de se libérer. Nous nous sommes levés et avons entamé une partie.

— Toi, tu pars quand ? ai-je demandé.

— À vingt heures, d'abord pour Charlotte, *and will land tomorrow morning in hot and sunny Aruba. No more snow for me!*

Nous avons joué quelques parties, bu quelques verres, parlé un peu. J'enviais Antony de sortir de cette tempête interminable. D'habitude la neige ne me dérange pas, et elle ne m'avait pas vraiment dérangé ni à Londres ni à Bilbao, mais la petite accalmie précédant mon retour à Toronto m'avait empoisonné l'esprit, d'une certaine manière, et j'avais envie moi aussi de plages de sable blanc et de lagons limpides. J'espérais que le mois de mars apporte un peu de soleil et qu'il cesse enfin de neiger.

Vers dix-sept heures, Antony est parti en taxi pour l'aéroport. J'avais faim et j'étais fatigué. Je suis sorti du bar et j'ai traversé la rue. Je suis entré chez Baskin Robbins pour acheter un gâteau croustillant au fudge, que j'ai emporté avec moi. J'ai marché jusqu'au campus de l'université et je suis entré dans le premier bâtiment qui m'a semblé accueillant. Je me suis assis sur un banc et j'ai mangé près de la moitié du gâteau. J'ai donné le reste à un étudiant qui passait par là et qui l'a probablement jeté à la poubelle tout de suite après. Je n'en avais rien à foutre. Je suis sorti. Il faisait plus froid ; le vent s'était levé. J'ai remonté le col de mon manteau sur mes oreilles et j'ai marché jusqu'au métro. Je me suis effondré sur un banc et je me suis endormi avant même que le train n'arrive à la station suivante.

Je me suis réveillé au terminus, très loin de chez moi. Il était presque vingt heures. Je suis remonté à la surface. J'ai marché sur Yonge quelques minutes, puis je suis entré dans un restaurant coréen. J'ai commandé des sushis et une soupe. J'ai grignoté un peu ; je n'avais pas faim. J'ai demandé qu'on m'appelle un taxi. Encore.

Deux heures plus tard j'étais chez moi. J'ai ouvert la télévision et je me suis couché sur le divan. Je me suis endormi aussitôt.

: :

Le train est parti à l'heure, malgré la neige, malgré le vent et le blizzard. Il faisait chaud dans les voitures ; on nous a distribué un verre de porto gratuitement,

courtesy of Amtrak, to thank you all for your business.
Je n'ai pas détaché mon manteau ni dénoué mon foulard. Je me suis enfoncé dans le siège et je me suis
connecté au wifi avec mon téléphone. J'ai déniché
sur un site des extraits vidéo de *Casse-noisette*, dansé
par le Mariinsky. On ne voyait pas les paysages qui
défilaient en raison du givre qui recouvrait les fenêtres,
mais je me sentais bien, comme si c'était Noël, encore
une fois. Il m'a semblé que ce moment-là aurait eu
sa place dans un film d'auteur, le genre de film qui
se passe à New York, justement, quelques jours avant
Noël. Il me manquait la famille dysfonctionnelle et
j'avais là un long-métrage du temps des fêtes presque
parfait. J'ai regardé la *Valse des fleurs* en ne pensant
strictement à rien. J'étais bien.

Un chauffeur m'attendait à Penn Station avec
mon nom imprimé en grosses lettres noires sur un
grand carton blanc. Jusqu'à ce moment, je n'avais
jamais été témoin d'une telle scène dans la réalité ;
je pensais qu'on réservait ce genre de traitement aux
personnages importants dans les films peu réalistes.
Décidément, ma vie s'apparentait de plus en plus,
malgré son manque d'intérêt, à un scénario écrit pour
le cinéma. Le chauffeur m'a conduit jusqu'au Hilton
Garden Inn dans Chelsea, à deux minutes de là. J'ai
donné mon nom à la réception et on m'a remis une
clé en m'informant de tout ce dont je pouvais profiter
pendant mon séjour chez eux. Je suis tout de suite
monté à la chambre ; il était tard, j'étais fatigué. J'ai à
peine eu le temps de déposer mes valises sur le lit que
le téléphone a sonné. J'ai répondu, en pensant qu'on

m'appelait de la réception parce que j'avais oublié quelque chose au comptoir.

— Xavier ?

— Oui. *Yes. That's me.*

— Xavier ? C'est moi.

Je l'ai tout de suite reconnue, à cause de son accent.

— Gia ?

— Xavier, je n'ai pas beaucoup de temps, je suis en répétition. Tu as un crayon et un papier avec toi ?

— Oui, oui. Mais attends : quoi ? Comment sais-tu que je suis ici ? Je viens tout juste d'arriver…

— Tu peux venir me rejoindre demain soir ? Je serai au Soho Repertory Theatre : 46, Walker Street, entre Church et Broadway, au sud de Canal. Tu demanderas au concierge de ton hôtel de t'expliquer comment t'y rendre. La générale se termine à vingt et une heures trente. Tu peux arriver vers vingt-deux heures quinze, j'aurai eu le temps de me changer et de me démaquiller.

Puis elle a raccroché. J'ai écouté la tonalité quelques secondes avant de me résigner à raccrocher à mon tour. J'avais noté rapidement les informations qu'elle m'avait données sur un bout de papier à l'effigie de l'hôtel. Je me suis jeté sur le lit, les yeux rivés sur ces quelques mots écrits à la hâte.

XAVIER
CAHIER, ENTRÉE XXXVI

Je supporte mal le silence des chambres d'hôtel, mais il me suffit d'allumer la télévision pour oublier l'angoisse de ne pas être chez moi. Et chez moi c'est la même chose. Je ne trouve de réconfort que dans les babillements de la télévision. Un film que je ne regarde même pas. Une émission débile qui joue pendant que j'essaie de vivre normalement. D'oublier qu'il n'y a pas de grand malheur sur lequel je pourrais jeter le blâme, qui me servirait à expliquer mon attitude de blasé magnifique. *C'est une expression que j'ai entendue en rêve, je pense, et qui me semble exacte, juste, tout à fait vraie.*

Je ne suis rien d'autre qu'un blasé magnifique. Et c'est tout comme si je n'habitais nulle part.

Si parfois les mots sont insuffisants pour exprimer le malaise, j'ai l'impression que le dessin pourrait y parvenir. Un dessin au plomb, réalisé avec un crayon tout simple, à la mine grise. Un crayon HB comme ceux qu'on nous faisait acheter à l'école primaire. Avec un peu de pratique, j'arriverais peut-être à créer cette image qui voudrait tout dire: on y verrait en arrière-plan des édifices de brique aux fenêtres illuminées. La rue, déserte, serait éclairée par une série de lampadaires qui jetteraient sur le trottoir des ronds de lumière

semblables à ceux qu'on utilise sur la scène pour éclai-
rer un acteur en particulier. Puis il y aurait moi, qu'on
verrait de dos ; je serais debout sous le seul lampadaire
qui ne fonctionnerait pas, dans l'ombre.

Mais je suis nul avec les perspectives.

HOLLYWOOD

Je me suis réveillé un matin et elle n'était plus là. Je veux dire : tous ses effets personnels étaient disparus, sa chambre rangée, le lit fait. Elle n'était plus là. J'ai vérifié dans le frigo, là où elle me laisse habituellement des notes quand elle a quelque chose à me dire : un vieux poireau, et rien d'autre. J'ai tout de suite pensé qu'elle était partie sans moi parce qu'elle ne pouvait plus attendre.

J'ai trouvé une grande valise dans la garde-robe de mes parents. J'y ai jeté tous mes vêtements, ma brosse à dents, un tube de dentifrice, une serviette de bain, quelques crayons, un grand cahier, les poèmes que j'avais écrits, la biographie de Joni Mitchell que je n'avais pas encore fini de lire, un roman de Leonard Cohen, mon iPod et mes écouteurs, un paquet de cigarettes et un flacon de Gardenal. Je me suis habillé et je suis sorti. Vingt-huit degrés le premier mars. Les oiseaux gazouillaient dans les blés jaunes. Des mésanges et des moineaux domestiques.

J'ai marché jusque chez Rajani, Arnaud et Chokichi. En chemin, j'ai réalisé que je n'avais pas laissé de note à mes parents. Je leur téléphonerai une fois arrivé, me suis-je dit, mais seulement si c'est absolument nécessaire. Pour le travail, pas besoin de m'inquiéter : mes «clients» sont tous morts et enterrés, et ils ne souffriront pas beaucoup de mon absence. Les haricots continueront de pousser sans mon intervention, à moins que le cimetière n'engage quelqu'un qui préfère le gazon bien propre aux légumineuses.

J'ai cogné plusieurs fois à la porte avant que Chokichi ne vienne m'ouvrir, à moitié nu, les cheveux ébouriffés, les yeux à peine ouverts.

— Tu dormais ?

Sans répondre il m'a fait signe d'entrer. Je l'ai suivi jusqu'à la cuisine. Il restait un peu de café dans le percolateur. Il s'en est versé une tasse et m'a demandé si j'en voulais.

— Non, merci.

Il s'est effondré sur une chaise.

— J'ai passé la nuit à écrire un travail pour un de mes cours. Je suis allé le porter ce matin vers huit heures. Ça fait donc… deux heures que je suis enfin couché, qu'il a dit en regardant l'horloge derrière lui.

— Je suis venu te dire que je m'en vais.

— Comme dans la chanson !

Il a rigolé.

— Ouais, comme dans la chanson ! «Et tes larmes n'y pourront rien changer»…

— Non, pour vrai : tu t'en vas ? Où ?

Je lui ai montré ma valise.

— À San Francisco.

— Déjà ?

— Enfin… je pense. Je ne sais plus.

— Tu ne sais plus quoi ? Je dors encore à moitié, il va falloir que tu sois plus clair que ça.

— Oui, excuse-moi.

Je lui ai raconté que Saké était partie pendant la nuit et que j'avais décidé de quitter la ville tout de suite, moi aussi.

— Mais pourquoi tu dis que tu ne sais plus ? Tu pars ou pas ?

— Je pars. Quand j'ai réalisé que Saké avait levé les voiles, j'ai compris qu'il fallait que je m'en aille également, le plus vite possible. Si j'attends encore, je ne le ferai pas. Mais je ne suis plus certain de vouloir aller à San Francisco.

— Pourquoi ?

— Parce que. Si Saké est partie sans moi, c'est peut-être qu'elle veut être seule.

— Probablement, oui. Sinon, elle t'aurait attendu ou laissé une note.

Il s'est levé d'un bond.

— Attends-moi, je reviens tout de suite.

Il a couru jusqu'à sa chambre. Je me suis levé et j'ai fait le tour de la cuisine.

— Rajani et Arnaud ne sont pas là ? ai-je crié.

Il m'a répondu en criant, lui aussi.

— Non. Arnaud travaille et Rajani avait un cours.

J'ai ouvert le frigo et je me suis concocté un sandwich avec ce que j'y ai trouvé. J'avais oublié de déjeuner. J'en ai préparé un pour Chokichi, qui est réapparu quelques minutes plus tard, habillé, rasé, peigné, avec un grand sac de sport à l'épaule. Il a pris le sandwich que je lui ai tendu et m'a regardé en souriant.

— Viens, on s'en va.

Il m'a poussé vers la porte. J'ai attendu d'être dehors avant de lui demander où il voulait aller.

— Je ne sais pas. On choisira notre destination au terminus d'autobus.

HOLLYWOOD
PETIT POÈME ILLÉGITIME N° 18

le vent chaud
— comme d'habitude —
quand on sort enfin du bus

je suis un rêve prémonitoire

APRÈS LE MARCHAND DE SABLE

On les arrache de l'endroit où ils se trouvent : le dortoir d'une auberge de jeunesse de Chicago pour l'un, la chambre d'un hôtel new-yorkais pour l'autre.

— J'ai l'impression que quelque chose se prépare. Pas toi ?

— Que quelque chose se prépare, peut-être pas, répond Xavier. Mais que quelque chose se passe là, maintenant, oui.

Ils observent le silence quelques minutes.

— On est où ?

— Je n'en ai aucune idée.

DEUX

MONTAUK

— Je n'ai croisé personne. Ni sur la plage ni dans les rues. Personne à l'épicerie non plus. Les magasins et les restaurants sont fermés. Nous sommes à Montauk; je l'ai vu sur un panneau d'affichage.

— Montauk? Montauk dans les Hamptons? demande Xavier.

— Exactement.

— Comment s'est-on retrouvés ici?

— Je n'en ai aucune idée.

Hollywood dépose les provisions sur la table: de l'ail, des tomates, des spaghettis, du fromage, une bouteille de vin rouge, un pain, du chocolat. L'essentiel.

— La porte n'était pas verrouillée. J'ai pris ce dont on avait besoin pour ce soir. J'y retournerai demain, peut-être qu'il y aura quelqu'un et que je pourrai payer et m'expliquer. Il ne fait pas trop froid, la marche est agréable. Le village n'est qu'à trente minutes à pied.

— Je n'ai pas réussi à démarrer le scooter. Peut-être pourrait-on acheter de l'essence demain et remplir le réservoir.

— Tu penses que c'est pour ça qu'il ne fonctionne pas?

— Peut-être. Je ne connais rien à la mécanique.

Xavier fouille dans les tiroirs de la cuisine ; il en sort un limonadier et débouche la bouteille de vin. Hollywood prend, dans les armoires, deux grosses coupes que Xavier remplit aussitôt. Il boit une gorgée avant d'expliquer à Hollywood ce qu'il a fait pendant son absence.

— J'ai exploré la maison : une *beach house* fermée pour l'hiver. Le gaz fonctionne et j'ai trouvé du bois dans le petit cabanon pour chauffer le foyer. J'ai mis l'électricité en marche, c'était plutôt facile : la boîte électrique est sous le porche, et il suffit de l'activer à l'aide d'un gros levier rouge. Les penderies contiennent beaucoup de vêtements, mais ce ne sont que des vêtements d'été. J'ai trouvé quelques polos et des pantalons que l'on pourra mettre quand nos vêtements auront besoin d'être lavés. Il y a deux salles de bain, une dans chaque chambre. Le piano dans le salon est accordé, du moins il ne joue pas trop faux pour mon oreille de néophyte. Pas de téléphone ni de télévision.

— On ne mourra pas de froid, alors. Ni de faim, si on trouve un moyen de gagner un peu d'argent.

— Voilà le génial de notre situation : j'ai trouvé ça dans la grande chambre.

Xavier dépose une grosse enveloppe sur l'îlot de la cuisine.

— Wow ! Tu as compté ?

Hollywood fait danser les billets de banque dans ses mains.

— Oui. Environ dix mille dollars.

— On en a suffisamment pour foutre le camp d'ici, lance Hollywood.

— C'est ce que j'ai pensé moi aussi.

— Tu voudrais manger dehors, ce soir? On pourrait allumer quelques chandelles, si on en a. Je n'ai jamais mangé devant la mer.

— Des chandelles, oui, je vais certainement en trouver quelque part. On sortira la petite table du cabanon. Je peux m'en charger. Tu veux préparer le repas?

— Oui. J'ai pris de quoi faire des pâtes aux tomates. Je n'ai pas beaucoup d'inspiration en cuisine. Il y a plusieurs restaurants au centre du village. Reste à savoir s'ils seront ouverts; on pourra manger sur la plaza ou dans un établissement de la rue principale, les prochaines fois. Surtout si tu réussis à démarrer le scooter.

Xavier met un manteau et enfile ses bottes.

— J'y vais, avant qu'il ne fasse trop noir.

: :

C'est un mois de mars plutôt normal, si tant est qu'il s'agisse véritablement de mars. Cinq degrés Celsius environ. Encore un peu de neige au sol. Le sable et les rochers sont nus, léchés par la mer. La neige recouvre encore les dunes, mais les graminées percent le tapis blanc. Les étoiles s'allument et s'éteignent comme autant de petites lumières. Xavier et Hollywood ne parlent pas beaucoup parce qu'ils ne savent que penser de leur situation.

— On pourra se rendre à la gare demain. J'aimerais bien retourner à New York; je crois que j'ai raté un rendez-vous important, dit Xavier.

Le soleil est couché depuis quelques heures déjà. Le vent froid venu de la mer a fait baisser le mercure. La flamme de la chandelle vacille dangereusement. Xavier et Hollywood grelottent dans leurs manteaux. Les vagues viennent mourir sur la plage ; sinon, pas un bruit. Au loin, ils aperçoivent à peine les feux du phare de Montauk Point.

— Je vais rentrer avant de mourir de froid, annonce Xavier. J'en ai marre de l'hiver.

Il se lève. Hollywood l'imite et ramasse les assiettes.

— Je m'occupe de la vaisselle. Tu veux chauffer le foyer ?

Ils entrent dans la maison. Tandis qu'Hollywood lave les assiettes, Xavier allume un feu. Le salon se réchauffe aussitôt.

— Tu sais jouer du piano ? demande-t-il à Hollywood en s'effondrant dans le divan.

— Non. J'ai tenté, pourtant, mais je n'ai jamais réussi. Ma main droite et ma main gauche refusent de faire des gestes trop différents.

Il s'installe au piano et joue une comptine toute simple, en se trompant plusieurs fois.

— Tu vois ? Je n'ai aucun talent.

Il referme le couvercle sur le clavier et s'y accoude.

— Toi, tu sais jouer ?

— Non. C'est dommage, ajoute Xavier : ce joli piano ne nous servira pas.

— Tu as trouvé des livres ou des disques ? demande Hollywood.

— Dans le boudoir ; il y a une grosse bibliothèque pleine. Et la platine est dans un coin.

— Génial ! J'avais apporté de la lecture, mais apparemment mon sac ne m'accompagne pas dans mes rêves…

— Tu penses toujours que nous sommes en train de rêver ?

— Je n'en sais rien. Et toi ?

— J'essaie de ne pas trop y réfléchir.

Hollywood se lève et va observer le contenu de la bibliothèque dans la pièce à côté.

— Tu aimes le chant classique ? demande-t-il à Xavier, qui n'a pas bougé.

— Pas beaucoup, non.

— Tu devras t'y habituer, alors : il n'y a que ça dans leur collection.

— Tu peux écouter ce que tu veux, ça ne me dérange pas. Je vais aller me coucher, si tu n'y vois pas d'inconvénient. J'ai sommeil.

— C'est bizarre, quand même, pense Hollywood à voix haute : si nous étions dans un rêve, nous n'aurions pas besoin de dormir…

— Mais puisque je suis fatigué… peut-être après tout sommes-nous vraiment ici. Ce que je ne comprends pas, alors, c'est pourquoi et comment nous nous sommes retrouvés à Montauk.

Hollywood dépose un enregistrement du *Stabat Mater* de Pergolèse sur la platine avant de regagner le salon. Il s'allonge dans le divan.

— Je vais dormir ici. Je ne connais pas bien la maison encore, et la petite chambre me fait un peu peur.

— Tu peux prendre la grande si tu veux, propose Xavier.

— Non, ça va, je te la laisse. Le divan a l'air confortable. J'irai chercher un oreiller et une couverture tout à l'heure, quand je m'endormirai.

— D'accord. Bonne nuit.

— Bonne nuit.

Une crampe lui déchire le thorax. La machine, pense-t-il. Elle doit s'activer, ou faire défaut. Le *Stabat Mater* est achevé. Le disque tourne toujours, mais l'aiguille ne lit plus rien. Hollywood se lève et arrête la platine. Il ferme les lumières et s'allonge de nouveau sur le canapé. Le silence lui pèse sur la poitrine. À bout de souffle, il chantonne, tout bas, une pièce de Leonard Cohen, comme pour se rassurer. Puis il s'endort.

Quand Xavier sort de sa chambre quelques heures plus tard, les yeux rougis par le manque de sommeil, énervé par son insomnie, Hollywood n'est plus là.

HOLLYWOOD

— *Sorry sweetie: the A/C been broken for several months an' it's over 100 degrees outside...*

L'infirmière m'apporte un verre d'eau froide avec des glaçons.

— *We didn't think you was ever gon' wake up, honey pie. You been sleepin' for two weeks, an' Doctor Williams ain't got no idea why whatsoever.*

Il fait chaud. L'air est humide et étouffant. C'est La Nouvelle-Orléans en plein cœur de Chicago. Chokichi était là ce matin, à mon «réveil». Et il m'a tout raconté. J'étais là, au centre hospitalier de l'Université de l'Illinois, depuis deux semaines déjà.

L'infirmière, Nurse Baumfree, a demandé à Chokichi de sortir le temps qu'elle me pose quelques questions. Concernant, bien sûr, la «machine» que j'ai de plantée dans le thorax — et le cœur que je n'ai plus. Je lui ai donné les coordonnées du cardiologue qui m'a opéré. Puis je lui ai demandé de l'eau.

Elle est partie en me promettant de revenir plus tard pour des tests de routine. Ils sont intrigués par ma «condition» et imputent le coma, pour l'instant, au caractère expérimental de la chirurgie. Bien sûr. Quant à moi, je ne me sens pas du tout malade; j'ai chaud, oui, et je suis plutôt mal en raison de tout ce qu'ils ont branché à mes veines, sur mon torse, sur mes tempes, toutes ces machines qui émettent un tas de petits sons désagréables, mais je ne souffre de rien et je n'ai qu'une envie : me déconnecter des appareils, retirer la chemise d'hôpital hideuse, enfiler de vrais vêtements et foutre le camp d'ici.

— J'ai reçu ça, à l'auberge de jeunesse, deux jours après que tu sois entré ici.

Chokichi me tend une enveloppe en réintégrant la chambre.

> *Chokichi*
> *Hostelling International Chicago*
> *24 East Congress Parkway*
> *Chicago IL 60605*
> *USA*

— Et ça vient de qui ?
— Tu peux lire. Ça te concerne directement.

J'ouvre l'enveloppe : une toute petite carte, blanche, avec à peine quelques mots.

> *Chokichi. Tu ne bouges pas. Je viens te rejoindre. On s'occupera d'Hollywood à mon arrivée.*
> *Saké*

— Tu l'as retrouvée ?
— Non. Tu te souviens : elle est partie sans que personne sache où elle est allée. Tu as dit à quelqu'un que nous étions à Chicago ?

— Non. Et toi ?

— Non plus.

— Et le cachet de la poste ? que je demande en prenant de nouveau l'enveloppe.

— Stockholm.

L'enveloppe porte effectivement la marque des services postaux suédois.

— J'imagine qu'il ne nous reste plus qu'à attendre qu'elle arrive. De toute façon, je suis branché de partout, je ne peux pas aller bien loin.

Chokichi a quitté mon chevet après m'avoir apporté un sandwich. Je l'ai englouti et j'ai vomi quelques minutes plus tard.

— *Don't wolf down your food like that, darlin'. Your stomach ain't used to it nemore*, m'a dit Nurse Baumfree, venue me nettoyer.

Ironiquement, après avoir dormi pendant deux semaines, j'étais trop fatigué pour me sentir honteux. Je l'ai laissée m'apporter une chemise d'hôpital propre et changer mes draps. Elle a débranché certaines machines pour me permettre de marcher un peu autour de la chambre.

— *Be careful not to trip an' fall. Your legs is probably still asleep.*

J'ai attendu qu'elle soit partie pour m'asseoir sur le bord de mon petit lit. Le cathéter dans mon bras commençait à me faire mal. Je l'ai arraché en grimaçant, puis j'ai placé une serviette sur la plaie pour empêcher mon bras de se vider de son sang. J'ai attendu quelques minutes, étiré mes jambes plusieurs fois, puis je me suis levé. J'étais étourdi. Je me suis rendu jusqu'au petit fauteuil près de la fenêtre et je m'y suis effondré. J'ai ouvert la télévision et zappé quelques minutes. Des vidéoclips stupides. Des *talk-shows* avec des invités que je ne connaissais pas. Beaucoup de publicités pour des compagnies d'assurances. Puis le même reportage sur la planète Jupiter que j'avais vu assez récemment au canal Space. La coïncidence m'a dérangé, mais je l'ai regardé pour la troisième fois. J'étais trop fatigué pour désirer quoi que ce soit d'autre. J'ai fermé les yeux en espérant m'endormir.

Le documentaire s'est terminé et je ne dormais toujours pas. Un épisode de *Star Trek: Deep Space Nine* a commencé. J'ai éteint la télévision ; j'ai toujours détesté Worf et O'Brien.

Rien à lire. Pas de musique. Personne à qui parler. Cet hôpital, la nuit, ça m'a donné envie de mourir. J'ai sonné. Une infirmière que je ne connaissais pas est venue me voir. Elle n'a pas voulu m'administrer quoi que ce soit pour dormir. Dans votre état, a-t-elle dit. Dans mon état... Elle m'a apporté un exemplaire du *Chicago Tribune* pour que je m'amuse avec les mots croisés ; ma performance a été nulle : je ne suis pas très bon dans les mots croisés — je ne sais le nom d'aucune rivière du Nigeria par cœur — et j'ai réalisé que ma connaissance de l'anglais était plutôt limitée : mon vocabulaire n'inclut aucun *Manicurist's tool* et *Scoundrels, Bulls' League (abbr.)* et *Hullabaloo* ne me disent absolument rien. Je me suis couché, relevé, couché de nouveau, et mon envie de mourir a pris de l'ampleur. J'ai lu tous les articles du journal, les petites annonces, la rubrique nécrologique. Puis j'ai sonné une seconde fois. La même infirmière est venue me voir, avec un peu moins d'empressement.

— *Honey, you have to stop beeping me if there is no emergency. I have other patients to tend to, you know...*

Je lui ai demandé si certains de ces patients étaient éveillés et disponibles pour prendre un thé ou un café avec moi. Elle m'a regardé comme si j'étais idiot et a quitté la chambre sans me répondre. Je lui ai hurlé qu'elle devrait travailler ses *bedside manners*. Elle n'est pas revenue pour commenter mon intervention.

Puis la fenêtre de ma chambre a explosé et un minuscule caillou a rebondi sur le plancher et s'est arrêté devant la porte de la salle de bain. Je me suis levé pour le cueillir. Il était tout chaud. Je l'ai lancé sur le lit. À ce rythme, j'aurai bientôt l'habitude des météorites et leur chute ne m'impressionnera plus, me suis-je dit. Mais cette fois, c'était différent; quelque chose d'autre s'est produit: j'ai été propulsé sur le sol par une explosion. J'ai rampé jusqu'à la fenêtre, en m'entaillant les genoux et les coudes dans le verre fracassé. Je me suis hissé sur le rebord pour regarder à l'extérieur. Une partie du stationnement sur le toit du pavillon juste en face venait d'être soufflée. Une voiture a explosé et le feu s'est rapidement propagé. Les pompiers sont intervenus tout de suite, tout comme l'infirmière incapable de sourire qui est venue m'aider à regagner mon lit et qui a désinfecté mes égratignures et mes entailles. Un concierge s'est empressé de balayer le sol et on m'a transféré dans une autre chambre, sans fenêtre celle-là. Comme s'il fallait me punir d'avoir attiré sur moi la colère des cieux ou quelque chose dans le genre. Il était six heures du matin quand on m'a enfin laissé seul, dans ma nouvelle chambre, avec mon exemplaire du *Chicago Tribune* et le petit caillou que j'avais réussi à emporter avec moi sans que personne s'en aperçoive.

Chokichi est arrivé vers huit heures trente avec les dernières nouvelles et mes effets personnels, qu'il rapportait de l'auberge de jeunesse.

— Apparemment, une certaine comète se dirige tout droit vers le soleil; elle est rendue si près maintenant que la partie congelée de son noyau s'évapore et projette des cailloux un peu partout. Il se trouve que cette masse de cailloux a atteint l'atmosphère terrestre et provoque une pluie de météorites. La plupart se désintègrent avant de s'écraser sur le sol, mais certains rochers peuvent tomber sur la Terre comme celui qui a frappé Chicago cette nuit.

— J'en ai reçu un petit morceau, dis-je en lui tendant ma parcelle de comète.

Chokichi l'a examiné un moment. Un petit caillou tout cabossé.

— Ça ressemble à n'importe quelle roche…

— Ça te déçoit?

— Un peu, je dois avouer.

— Moi aussi. Ce n'est pas encore la fin du monde.

Il m'a rendu la pierre, que j'ai cachée sous mon oreiller.

— Je n'ai pas dormi de la nuit. Et pas à cause de l'explosion. J'étais réveillé quand ça s'est produit. L'infirmière de nuit me déteste et ne veut pas abréger mes souffrances.

— Tu as besoin de quoi?

— Peu importe. Je veux dormir.

— Je vais voir ce que je peux faire.

Chokichi s'est levé et a quitté la chambre. J'ai profité de ma solitude pour regarder plus attentivement mon petit caillou. Il paraissait jaune, la veille. Maintenant, il n'était guère plus intrigant qu'un banal morceau de roche noire, crevassée, que l'on peut trouver n'importe où. Par dépit, j'ai ouvert la télévision. Une chaîne de nouvelles en continu s'est attardée trois fois en dix minutes à la situation. On ne rapportait aucun blessé, puisque la météorite qui avait détruit les voitures sur le toit juste en face n'avait frappé que cette aile plus administrative de l'hôpital, inoccupée durant la nuit. La NASA avait fourni des images de la comète à la chaîne de télévision et un scientifique expliquait le phénomène en termes simples aux lecteurs de nouvelles à l'air étonné, presque grave. Le spécialiste enjoignait à la population de ne pas s'inquiéter : il était peu probable que d'autres morceaux de la comète tombent sur le sol. Celui qui avait soufflé les voitures mesurait vingt-cinq centimètres de diamètre. J'ai regardé mon caillou : à peine quelques centimètres. Le topo s'est achevé sur un avertissement destiné aux astronomes amateurs : l'orage d'étoiles filantes allait durer encore quelques nuits et c'était donc le moment idéal pour sortir les télescopes et emmener les enfants dans un parc national observer ce phénomène extraordinaire. L'essaim météoritique était d'une envergure jamais observée de mémoire d'homme.

Chokichi est revenu quelques dizaines de minutes plus tard avec un flacon de comprimés.

— Un seul avant de te coucher. Deux si tu veux dormir toute la nuit et tout le jour.

Je lui ai demandé comment il avait réussi à se les procurer.

— J'ai fait appel, comme tout bon Japonais, au ninja qui sommeille en moi.

Il a pris un air théâtral pour effectuer quelques figures. J'ai éclaté de rire devant cette parodie ridicule.

— En réalité, c'était tout simple : je me suis promené dans les corridors jusqu'à ce que je croise une infirmière en tournée avec son chariot. J'ai attendu qu'elle entre dans la chambre d'un patient pour fouiller un peu dans ce qu'elle traînait avec elle. Je me suis récompensé avec ça.

Il a sorti de sa poche un autre flacon contenant une cinquantaine de petits comprimés roses.

— De la morphine, a-t-il annoncé. On a besoin d'un peu de liquidités.

Je l'ai remercié. Il a souri.

— Pas de quoi. Tu ferais la même chose pour moi.

Il s'est penché vers le lit et m'a embrassé assez longuement. Puis il s'est levé et a quitté la chambre.

— Je vais revenir plus tard, en fin d'après-midi, a-t-il dit sans se retourner.

J'ai tout de suite avalé un somnifère et je me suis couché, en attendant le marchand de sable.

HOLLYWOOD
PETIT POÈME ILLÉGITIME N⁰ 19

j'écris de nulle part
d'un coin sombre de mon ombre
que j'arpente pour y trouver
un bonheur qui ne finit pas

MONTAUK

Hollywood n'est ni dans le salon, ni dans la cuisine, ni dans le boudoir. La petite chambre est vide. Xavier enfile ses souliers, retourne dans la grande chambre pour récupérer une couverture de laine et sort sur la galerie. Le ciel noir est illuminé périodiquement par les déchirures des nombreuses étoiles filantes. Il s'assoit sur le bois écaillé de la vieille galerie et s'emmitoufle dans la couverture. Il regarde le ciel et écoute la mer.

Rapidement les alentours apparaissent à la faveur de la nuit qui s'achève. D'abord ce sont les dunes que Xavier discerne tout juste devant la maison. Puis les graminées qui oscillent doucement dans la brise du matin naissant. Pas un nuage. Et Xavier ne dort toujours pas. Il se lève et marche sous le ciel bleu jusqu'à la mer. Il enlève ses souliers et ses bas, roule ses jambes de pantalon sur ses genoux. Même si l'eau est glaciale, il s'avance dans les petites vagues jusqu'à ce que son pantalon soit mouillé. Les embruns lui lavent le visage. Il avance encore. Bientôt il a de l'eau jusqu'au cou et le sel lui brûle les yeux. Il peine à se tenir debout à cause de ses vêtements imbibés qui l'alourdissent et le tirent vers le fond. Il se laisse choir sur le dos. Il a froid jusque dans les os. Le ressac le ramène rapidement sur la plage. Ça ne lui sert à rien de se faire violence ainsi, mais il ne bouge pas, conscient de l'imbécillité de son geste ; le froid vide sa tête : il ne pense plus à rien. Puis la douleur devient insoutenable. Il se retourne, rampe un peu, essaie de se mettre debout. Une fois sur ses jambes, il se dirige le plus rapidement possible vers la maison. Il enlève ses vêtements sur la galerie avant de passer le seuil de la porte. Il se rend directement au salon, nu, gelé, ruisselant, barbouillé de sable. Il allume un feu dans le foyer et s'enroule dans le tapis.

C'est là qu'Hollywood le trouve, en milieu d'après-midi, lorsqu'il se réveille dans le divan du salon.

— T'as l'air reposé, lui dit Xavier en toussant.

— Je n'essaie pas de comprendre, répond Hollywood.

Xavier se lève sans penser à cacher sa nudité.

— Je vais prendre une douche et m'habiller. Je reviens.

Hollywood le regarde quitter la pièce. Il se lève à son tour. Il s'installe au piano et frappe quelques touches. Il referme vite le couvercle puisqu'il n'arrive à reproduire aucune mélodie sur l'instrument. Il hurle à l'intention de Xavier, qui vient de sortir de la douche.

— T'as faim ? On pourrait se rendre en ville. Peut-être que les magasins sont ouverts aujourd'hui.

Xavier entre dans le salon, vêtu d'un polo, d'un pantalon de golf et de souliers blancs avec un petit crocodile vert sur le côté extérieur ; ses cheveux sont encore mouillés, mais il a meilleure mine que lorsque Hollywood l'a découvert dans le salon.

— Ils savent s'habiller, quand même, ces gens !

— Ouais. Encore faut-il aimer le look riche con...
Ils rigolent tous les deux.

— Bon. Oui, j'ai faim. Laisse-moi prendre une veste dans le placard de l'entrée et quelques billets de cent dollars dans notre pognon, et je suis prêt.

Hollywood met ses souliers, enfile lui aussi une veste. Ils sortent et ferment la porte à clé. C'est un réflexe plus qu'une véritable précaution. Ils n'ont pas vu âme qui vive depuis leur arrivée.

Personne dans les rues. Ni dans les maisons. Les restaurants sont vides. Les commerces aussi. C'est dans un village fantôme qu'ils avancent. Ils n'entendent que le bruit de leurs pas. Il fait chaud : environ dix degrés. Le soleil plombe. La porte de l'épicerie n'est pas verrouillée : ils y entrent, parcourent les allées en jetant un peu n'importe quoi dans le grand chariot qu'ils rapporteront à la maison sur la plage. Ils déposent quelques billets verts dans le tiroir-caisse entrouvert. Hollywood laisse une note pour quiconque la trouvera en premier. Puis ils se mettent en route avec leur chariot d'épicerie. Il reste un peu de neige au sol puisque aucune voiture n'a circulé depuis longtemps déjà. Les roues du chariot se prennent parfois dans la neige, mais ils avancent quand même d'un bon pas. Xavier s'arrête devant la pharmacie.

— J'ai besoin de quelque chose pour dormir. Sinon je n'y arriverai pas.

Ils se heurtent à une porte fermée à clé. Hollywood frappe trois coups. Il ne se passe rien. Il s'assoit sur le petit muret de béton à droite de l'entrée.

— On fait quoi, maintenant ?

Xavier ne répond pas. Il marche dans le stationnement abandonné. Il erre comme ça quelques minutes.
Puis il recule comme pour prendre un élan et se met
à courir; il fonce tout droit dans la porte vitrée, qui
émet un bruit sourd mais ne se casse pas. Xavier
s'effondre par terre, le visage ravagé par une douleur
aiguë à l'épaule. Hollywood se lève.

— Ça va? demande-t-il, inquiet.

— Oui, murmure Xavier.

Il se remet sur pied en massant son épaule et son
bras.

— Je pensais que ça fonctionnerait. Comme dans
les films.

— Ils utilisent un faux verre fabriqué avec du sucre,
dans les films.

Xavier se met à rire, malgré la douleur.

— Ça se passe rarement comme dans les films, en
réalité. C'est ce que je constate ces derniers jours. Ça
ne te dérange pas, toi, qu'on te mente comme ça, tout
le temps?

Hollywood fait la moue.

— Sais pas. Je n'ai jamais vraiment réfléchi à ça…

Il se lève et met le pied sur une des dalles de
béton du muret. Elle chambranle. Il regarde Xavier.
Ils se sourient. Hollywood soulève la dalle de béton
et la projette de toutes ses forces dans la porte de la
pharmacie, qui éclate en morceaux en déclenchant un
signal d'alarme assourdissant. Hollywood nettoie le
trou avec son pied, pour enlever les morceaux de verre
qui s'accrochent encore à la structure de la porte, et
passe le premier, en penchant la tête pour éviter de se
blesser. Xavier le suit de près.

À l'intérieur, les lumières se sont allumées en même temps que le système d'alarme s'est déclenché. Hollywood et Xavier naviguent rapidement dans les allées : le vacarme leur défonce les tympans et ils avancent les mains sur les oreilles pour se protéger de l'agression sonore. C'est Hollywood qui déniche les somnifères derrière le comptoir. Il en fourre quelques boîtes dans ses poches tandis que Xavier choisit le premier antidouleur qu'il trouve, pour arriver à supporter son épaule meurtrie.

— On a besoin de quelque chose d'autre ? hurle-t-il.

— Un truc pour le rhume. On en a toujours besoin. Je m'en charge.

Hollywood saute par-dessus le comptoir de service et se rend vers l'étalage des sirops antitussifs.

— Je m'occupe des stupéfiants, hurle Xavier.

Il avance rapidement parmi les tiroirs et les tablettes, à la recherche de noms qui lui seraient familiers, de médicaments qu'il aurait déjà présentés dans ce qui lui semble alors une autre vie. Il passe vite sur certains noms, comme ils ne souffrent ni l'un ni l'autre d'insuffisance hépatique ou de constipation chronique. Il caresse les boîtes d'OxyContin trouvées dans un tiroir. Il hésite. Puis referme le tiroir. Il n'y a rien dérobé.

— Je n'en peux plus du vacarme, je t'attends dehors, lui dit Hollywood en passant à sa hauteur.

Xavier se retourne, ouvre de nouveau le tiroir, puis le referme d'un coup de pied. Il attrape deux boîtes d'un antidépresseur qu'il s'est lui-même prescrit, d'une certaine manière, à son retour de Bilbao. Il rejoint Hollywood à l'extérieur. Ils lancent tous deux leur butin dans le chariot d'épicerie et s'éloignent d'un pas rapide, même si personne ne s'est encore présenté devant le commerce vandalisé.

Ils arrivent vingt minutes plus tard à la maison sur la plage. Ils rangent leurs nouvelles acquisitions et Hollywood met une pizza à réchauffer dans le four.

Ils ont déjà leurs habitudes. Xavier nettoie la table sur la galerie et y pose deux couverts. Il ouvre une bouteille de vin pour laisser l'alcool respirer et allume un feu dans le foyer du grand salon.

— Cette fois la maison sera chaude quand on rentrera.

Ils s'assoient tous les deux dehors et regardent le soleil décliner dans le ciel tandis que la pizza cuit dans le four. Hollywood a mis un disque sur la platine avant de sortir et a monté le volume des haut-parleurs. Ils écoutent, sans dire un mot, un opéra choisi au hasard dans la collection. *La Nonne sanglante* de Charles Gounod, un titre qu'Hollywood trouvait amusant.

Ils mangent rapidement : le mercure a dégringolé une fois le soleil disparu. Ils laissent les couverts sur la table et gagnent le grand salon. Hollywood sélectionne un autre disque qu'ils écoutent devant le feu, en vidant une deuxième puis une troisième bouteille de vin.

— J'ai déjà enduré quatre nuits sans dormir, dit Xavier. La cinquième nuit, mes paupières sautillaient et j'ai commencé à avoir des hallucinations. J'ai appelé un ami qui m'a accompagné aux urgences. J'avais dix-neuf ans, je pense. Je ne connaissais rien aux médicaments à l'époque. Je venais d'entrer à l'université, et je ne savais même pas que le métier de représentant pharmaceutique existait. Le médecin que j'ai vu à l'hôpital m'a prescrit un somnifère puissant qui devait me jeter par terre quelques minutes à peine après l'ingestion. Nous sommes retournés à mon appartement et j'ai avalé le médicament. On a regardé un film à la télé. Je me sentais sur le point de sombrer dans le sommeil, mais chaque fois que ma tête s'effondrait sur mon torse ou sur le bras du divan, je me réveillais. Je suis allé me coucher dans mon lit. J'ai laissé le salon à mon ami, qui m'a promis de rester jusqu'au lendemain matin. Je voulais être certain de pouvoir me réveiller si je m'endormais. Je voulais dormir, pas mourir. J'ai tourné dans mon lit pendant au moins une heure. J'ai réveillé mon ami, qui somnolait dans le divan. Nous sommes retournés à l'hôpital. On a attendu au moins deux heures, même s'il n'y avait personne. C'était le même médecin qui était de garde. Il devait être près de six heures du matin quand il m'a enfin reçu. Il m'a regardé comme si je le dérangeais et m'a demandé ce que je faisais encore là. Je lui ai expliqué. Il m'a dit que j'étais plutôt con, que je n'avais qu'à prendre un autre comprimé du médicament qu'il m'avait prescrit, et que je n'avais pas à revenir aux urgences pour ça. Dans la voiture de mon ami, j'ai pris deux autres somnifères; le médecin m'avait mis dans la tête que ce n'était pas dangereux d'ajuster soi-même sa posologie. Puis j'ai perdu conscience. Je me suis réveillé quarante-huit heures plus tard. Mon ami était couché dans mon lit avec moi. Il m'a expliqué qu'il avait dû me transporter de la voiture jusqu'à mon appartement du troisième étage, qu'il m'avait déshabillé et couché et qu'il m'avait veillé pendant deux jours pour être certain que je respirais toujours, sans jamais se laisser aller à dormir plus de vingt minutes lui-même. Il était épuisé. Moi, j'étais en pleine forme. Comme si rien ne m'était arrivé. À part peut-être le goût pâteux que j'avais dans la bouche, mais je me suis brossé les dents et c'est immédiatement disparu. Nous sommes allés chez mon ami. J'ai conduit sa voiture parce qu'il n'en avait pas la force. Il s'est mis au lit. Je l'ai laissé. Je suis retourné chez moi, j'ai étudié pour un examen, j'ai continué à vivre puisque tout était redevenu normal. Je prenais deux comprimés le soir avant d'aller me coucher et le sommeil m'enlevait presque immédiatement. Le vendredi suivant, je n'avais toujours pas eu de nouvelles de mon ami. Il n'était pas venu aux cours de la semaine. J'ai pensé que c'était à cause des deux jours passés à me veiller. J'ai voulu lui parler, mais son téléphone avait été débranché. Je suis allé chez lui. Sa mère m'a ouvert la porte. Ils étaient en train de vider son appartement. Il était mort dans son sommeil. Il avait pris une dose mortelle des somnifères que le médecin m'avait prescrits et qu'il m'avait dérobés pendant que je dormais. Il était mort à ma place parce que je n'étais pas là pour le veiller.

Hollywood ne répond rien. Il verse ce qui reste de vin dans la coupe de Xavier.

— Aujourd'hui j'en connais beaucoup plus sur les drogues, à cause de mon métier, et je sais que je ne suis pas toujours prudent, mais c'est comme si c'était plus fort que moi: je n'arrive pas à bien contrôler l'attraction que je ressens devant une boîte ou un flacon de médicaments. On dirait que j'ai de gravé dans la tête l'idée qu'on peut tout régler en avalant un comprimé. Je sais que c'est idiot. Et dangereux. Je suis toujours outré quand je vois ce comportement-là chez les autres. Comme Antony, mon collègue, qui pense qu'on fait du bien à l'humanité en accomplissant notre travail de représentants. C'est de la merde, cette déresponsabilisation. Aujourd'hui, presque tout le monde est accro à un médicament et il existe une pilule pour à peu près tout. Les compagnies pharmaceutiques encaissent des profits incroyables chaque année. Et j'encourage cette industrie par mon travail. C'est dégoûtant, mais je ne sais pas quoi faire d'autre. J'avais l'intention de démissionner avant qu'on m'envoie de toute urgence à New York. Et puis je me retrouve ici sans savoir comment…

Xavier se lève.

— Bon, dit-il. Il y a un flacon de somnifères sur le comptoir de la salle de bain. Tu en prends un seulement. Je te jure que je n'en prendrai qu'un moi aussi.

Il se rend à la cuisine et se verse un verre d'eau. Hollywood n'a toujours pas bougé.

— Bonne nuit, lui dit Xavier en refermant la porte de sa chambre.

Cette fois, Hollywood choisit d'investir la petite chambre pour la nuit. Il se verse lui aussi un verre d'eau, se déshabille et avale un somnifère comme le lui a recommandé Xavier. Il se couche sous les couvertures. Il a rajouté plusieurs bûches dans le foyer avant de quitter le salon : l'air de la maison est tout chaud. Il écoute le bruit des murs qui craquent et le silence des alentours. Puis il s'endort.

XAVIER

Je me suis « réveillé » un mois plus tard dans une chambre d'hôpital avec vue sur Greenpoint, quartier de Brooklyn, de l'autre côté de l'East River. J'avais raté mon rendez-vous avec Gia, évidemment. Et été congédié par Pullman. J'ai appris tout cela en discutant avec mon voisin de lit et en prenant les nombreux messages laissés sur ma boîte vocale par Pullman, par Antony et par le collègue malade que je devais remplacer.

Ça m'a vraiment embêté, cette situation.

Un docteur est venu me visiter dès que mon réveil a été constaté par l'infirmière de garde. Il voulait me maintenir en observation pendant au moins une semaine puisqu'il s'expliquait mal mon « coma » qui restait sans cause. Mais comme je me sentais en pleine forme, notamment grâce aux attentions de la charmante infirmière qui avait pris soin de bouger mes bras et mes jambes tous les jours pour éviter que mes muscles ne s'atrophient, et comme je connais aussi le coût de tels traitements aux États-Unis, j'ai négocié mon congé pour le lendemain.

J'ai donc passé toute la journée en réadaptation à marcher sur un tapis roulant sous la supervision d'une physiothérapeute. J'ai appelé Pullman, qui m'a hurlé un tas d'insultes au téléphone jusqu'à ce que je lui annonce que je venais de me réveiller d'un coma d'un mois. Il a tout de suite changé de ton et m'a demandé si je me sentais bien.

— *Cut the crap*, ai-je dit. *This is my resignation "letter", if you will.*

Il m'a suggéré d'y réfléchir avant de poser un acte aussi radical. Mais puisque le congédiement était déjà en vigueur et que les papiers avaient été postés chez moi à Toronto, je lui ai dit de ne pas s'inquiéter, de ne pas changer l'information imprimée sur mon avis de cessation d'emploi et de m'accorder, tout simplement, une petite prime de départ pour que je ne m'en sorte pas trop mal après avoir réglé la note de l'hôpital. Nous nous sommes entendus pour deux mois de salaire et une promesse formelle de ma part de ne pas entamer de poursuite judiciaire pour congédiement abusif. Il m'a transféré à la secrétaire des ressources humaines, qui a enregistré mon consentement dans mon dossier et qui m'a souhaité une bonne journée.

J'ai appelé Antony. Il s'était inquiété, évidemment.

— Je sais, ai-je dit. Tu m'as laissé au moins vingt messages sur ma boîte vocale.

— Alors, tu rentres quand ?

— Demain, par Amtrak. Tu veux venir me chercher à Union Station ?

— Tu arrives à quelle heure ?

— Vingt heures.

— Ça veut dire que tu ne seras pas là avant après-demain à midi, au mieux.

— Et pourquoi ça ? ai-je demandé.

— La putain de neige, bien sûr.

J'ai regardé par la fenêtre. Il y avait de la neige, oui, l'East River était gelée, pas un bateau ne circulait. Je voyais des voitures emprunter les ponts, tout me semblait normal pour ce temps-ci de l'année. Puis je me suis souvenu : j'avais dormi pendant un mois. Nous étions en avril, donc. C'était le printemps. Mais New York portait toujours un manteau blanc.

— *It snowed everyday in March*, m'a dit Antony. *This shit is not over yet.*

Il m'a résumé la situation. Les équipes de déneigement de Calgary, d'Edmonton, de Regina, de Saskatoon et de Winnipeg avaient été envoyées en renfort pour aider leurs collègues de Toronto, d'Ottawa, de Montréal et de Québec, et celles qui n'étaient pas occupées à ramasser la neige qui tombait tous les jours sur le Canada avaient traversé la frontière pour prêter mainforte aux villes de la Nouvelle-Angleterre qui n'en pouvaient plus. La température n'avait pas augmenté et se maintenait sous le point de congélation, ce qui empêchait la neige de fondre et paralysait encore certaines activités. Les trains, entre autres, n'arrivaient plus à respecter leurs horaires parce que de nombreux convois restaient coincés sur des tronçons mal déneigés ou recouverts par la poudrerie. Certaines locomotives tombaient en panne pendant les nuits les plus froides. Les météorologues avaient invité les populations de l'est de l'Amérique du Nord à se préparer pour tenir encore quelques mois sous cet hiver éternel. Il était fort possible, selon leurs calculs, qu'on passe les vacances d'été sur des plages enneigées. C'était la même chose en Europe de l'Ouest. Plus de cent mille décès avaient été enregistrés en France, encore plus en Espagne et au Portugal. L'Angleterre n'affichait pas un bilan aussi désastreux, mais plusieurs citoyens avaient fui vers d'anciennes colonies, l'Australie, l'Inde, les Antilles, pour échapper au froid et à l'humidité qui leur pénétraient les os.

— Putain. J'en ai marre, ai-je dit.

— *I know, man. Hang in there.* On n'a pas vraiment le choix, de toute façon. À moins que tu sois prêt à foutre le camp, à aller vivre ailleurs. *As for me, the lady won't move, so I'm stuck here.* Au moins j'ai profité d'Aruba.

Il m'a raconté son séjour là-bas. J'avais envie de mourir. Heureusement, une infirmière est arrivée et m'a rappelé qu'on ne pouvait pas parler au téléphone cellulaire dans un hôpital, que c'était irresponsable de ma part, et ainsi de suite. J'ai raccroché.

Me restait à joindre Gia.

Il n'y a pas de service au numéro que vous avez composé.

J'ai donné un coup de pied sur le radiateur. Mon voisin de lit a pouffé de rire. Je lui ai lancé un regard que je voulais assassin mais qui n'a réussi qu'à le faire rire davantage.

— Vous allez mourir quand ? lui ai-je demandé en français, en pensant qu'il ne comprendrait pas.

— Bientôt, si tout va bien, a-t-il répondu.

La surprise m'a figé sur place.

— Oui, je suis Français et je vais mourir.

Il a commencé à me raconter son histoire. Je me suis installé sur la petite chaise de son côté de la chambre. Un illuminé, érotomane, amoureux d'Hervé Guibert, qui avait tenté de suivre ses traces dans l'écriture, en vain, puis dans la vie, avec plus de succès : il avait chopé le sida de façon volontaire en ayant des rapports non protégés avec tout un tas de garçons contaminés ou pas par le VIH et avait refusé la trithérapie pour mourir le plus jeune possible, *en hommage à son idole* qui avait vécu avant le miracle. Raph, mon voisin de chambre, s'était effondré dans une rue de Manhattan alors qu'il copiait l'itinéraire de Guibert lors d'une de ses visites dans la capitale du monde. Il avait été transféré d'urgence à cet hôpital, où on lui avait diagnostiqué une pneumocystose. Il avait quitté l'hôpital, était retourné errer dans les rues de la ville et passait ses nuits à infecter les négligents du East Village. Puisqu'il refusait les médicaments, il n'en avait plus pour longtemps. Il avait été traîné de force à l'hôpital par un amant du moment, un autre illuminé qui se prenait, lui, pour Truman Capote, mais qui avait assez de sens commun pour ne pas accepter de laisser son ami mourir comme un chat de gouttière dans une allée sombre. Il a parlé longtemps, pendant une heure environ, en crachant du sang à toutes les deux phrases. Il m'a raconté tout un tas d'autres choses dont j'aime mieux ne pas me souvenir. Son monologue ne m'invitait pas à réagir et c'était bien ainsi, parce que je n'aurais pas su quoi lui dire.

J'ai obtenu mon congé comme prévu le lendemain matin. J'ai ramassé mes effets personnels et j'ai pris un taxi jusqu'à Penn Station. Le train est parti à l'heure, mais nous sommes arrivés à Toronto avec beaucoup de retard, à quatre heures du matin. Antony était là depuis minuit, ne sachant pas à quelle heure le train entrerait en gare.

— *Bro! Real happy to see you!*

Il m'a serré dans ses bras. J'étais moi aussi très content de le voir. Un visage familier. À ma grande surprise, comme à celle d'Antony d'ailleurs, j'ai éclaté en sanglots dans ses bras. Il s'est mis à rire.

— *That's all right! Let it out*, mon ami.

XAVIER
CAHIER, ENTRÉE XL

Mes jours ne m'appartiennent pas. Depuis que je suis revenu, je ne dors pas et ne me sens pas fatigué. Je regarde des films toute la nuit sans me passionner vraiment pour les histoires qu'on me raconte. Même les films que je vois pour la centième fois et qui me soulèvent habituellement toujours autant ne me disent rien. Il fait froid. Il neige un jour sur deux. Les nuits sont glaciales. Je bois de la bière et je mange des burgers. J'attends que quelque chose se passe.

J'ai repris le cahier, tenté quelques croquis. Je n'arrive à rien de particulièrement signifiant. Je tourne en rond. Même les mots tournent en rond.

Le scénario s'est répété, sauf que cette fois je ne me suis pas réveillé à l'hôpital mais dans un appartement qui m'était inconnu. Il n'y avait personne ; j'ai visité le deux-pièces en m'appuyant sur les chaises et les meubles pour ne pas tomber. Mes jambes étaient encore faibles.

La chaleur était étouffante. On avait tiré les rideaux dans l'espoir sans doute que le soleil ne réchauffe encore plus l'air humide et collant. Il y avait bien peu de choses dans cet appartement, mais assez d'indices me permettant de comprendre que je le partageais avec Saké et Chokichi.

Le divan remplissait, vraisemblablement, les fonctions de lit, de loge et de quartier général pour Saké. Une vieille valise en cuir bleu débordait de perruques et de lunettes de soleil extravagantes. Des fichus reposaient sur le sol, avec des jupes, des collants, des camisoles, des robes, un peu de maquillage, des couvertures et un oreiller. Un miroir de poche sur la table, un rouge à lèvres écarlate, un mouchoir avec un gros baiser imprimé dessus, une tasse avec un fond de café froid et un cendrier qui débordait de mégots. Un livre était posé sur la table à café : *J'aime et je cuisine le concombre* d'Aglaé Blin. Je me suis immédiatement rendu à la cuisine où mes soupçons se sont confirmés à l'ouverture du réfrigérateur : il était rempli presque exclusivement de concombres, à l'exception d'un pot de crème fraîche, de quelques oignons verts et d'une botte de menthe. Une lubie, ai-je pensé, la nouvelle obsession de Saké.

J'ai poursuivi mon inspection des lieux. Sur le comptoir, une machine à café, un ventilateur, un bottin téléphonique de Madison, Alabama, datant de 1986. J'ai écarté les rideaux pour regarder dehors. Était-ce Madison, Alabama, que je voyais par la fenêtre ? Possible. J'ai refermé les rideaux : le soleil plombait trop fort. Le four à micro-ondes indiquait qu'il était dix-neuf heures. 7:00 PM. J'ai réfléchi un moment à l'heure et à la date et au lieu puis j'ai continué d'arpenter l'appartement. Un paquet de cigarettes reposait à côté de la cuisinière. J'ai allumé un des deux ronds et me suis mis une cigarette en bouche. J'ai approché le bout de la cigarette de la flamme bleue. Elle s'est embrasée aussitôt. J'ai éteint le gaz.

Je suis retourné à la chambre. Mes affaires y étaient. J'en ai profité pour me précipiter sur mon sac et en retirer mon iPod. Le sevrage avait trop duré. J'ai enfoncé les écouteurs dans mes oreilles. Je me suis effondré sur le lit en même temps que la musique a commencé. J'ai fermé les yeux. Trop de bonheur ; je ne pouvais pas y faire face et regarder le monde extérieur en même temps. Il fallait choisir.

C'est Chokichi qui m'a réveillé. J'ai enlevé les écouteurs et je me suis redressé sur le lit.

— Il est quelle heure ? ai-je demandé.

— Vingt heures.

J'avais dormi une heure à peine. Et il ne s'était rien passé. Chokichi s'est couché sur le dos à côté de moi. Son bras reposait contre le mien. Je n'ai pas bougé.

— Cette fois, tu as été dans le coma pendant un peu plus d'une semaine. Saké est venue à Chicago. Elle savait où nous trouver. Et elle avait une idée débile derrière la tête : voler ton corps et l'apporter ici — elle a loué l'appartement exprès pour qu'on s'y planque tous les trois. Elle a pris ça dans un film, je pense. J'ai essayé de lui faire comprendre que c'était voué à l'échec, mais elle a insisté, si bien qu'on a tenté notre chance après avoir passé toute une nuit à élaborer notre plan.

— Vous avez *volé* mon corps ?

Chokichi s'est mis à rire et a renversé sa tête vers l'arrière.

— Ah ! Cette fille, elle est déroutante !

— Elle est où en ce moment, d'ailleurs ?

— Ah, putain ! Je te dis… Elle est payée pour chanter l'hymne national des États-Unis avant les parties d'un club de softball pour jeunes filles.

— Quel jour on est, là ?

— Le 29 avril.

J'ai soupiré.

— Ça fait pas mal de trucs à réviser en peu de temps, a dit Chokichi. On n'est pas pressés.

Il a pris mon iPod et s'est mis à y chercher quelque chose.

— J'ai commencé à écouter un peu de musique pendant que je te surveillais. J'aime bien ce disque, a-t-il dit en me montrant l'image de couverture de l'album *Court and Spark* de Joni Mitchell.

J'ai souri.

— Je dois t'avouer que ce n'était pas super passionnant, te regarder dormir. Et Saké m'a confisqué tout mon *stock*. Je m'en suis tiré pas mal, finalement, en écoutant ta musique. Ce disque-là, c'est vraiment mon préféré.

On a parlé de Joni Mitchell pendant quelques minutes. J'avais la bouche sèche. Après tout, je venais de dormir pendant plus d'une semaine. Je me suis levé pour aller me chercher un verre d'eau mais, cette fois, mes jambes n'ont pas suivi. Je suis tombé sur le lit. Ma tête a atterri sur le ventre de Chokichi.

Il a ri, et ma tête a bondi sur son ventre en mouvement. J'ai ri à mon tour. Il s'est penché vers moi et m'a embrassé. J'ai fermé les yeux. Il a mis une main dans mes cheveux. Puis la porte de l'appartement s'est ouverte et on a entendu Saké hurler.

— Chokichi! J'ai faim. Tu veux éplucher quelques concombres et préparer une soupe froide?

Chokichi s'est levé aussitôt. Ma tête est tombée sur le matelas. J'ai entendu un bruit mat: Saké venait de lancer son sac sur la table. Chokichi s'est rendu à la cuisine et lui a annoncé que j'étais réveillé. Elle est tout de suite venue dans la chambre.

— Yo, Holly! Je suis contente de voir que tu es réveillé. Comment vas-tu?

Elle m'a embrassé sur les joues et m'a serré dans ses bras.

— Bien, je pense.

— Tu penses?

— C'est que je ne sais pas trop, je suis réveillé depuis deux heures à peine. Et j'ai bien peur de disparaître de nouveau si je m'endors.

Pendant que je disais cela, une crampe immense m'a traversé le thorax. J'ai plissé le visage et inspiré entre les dents. Chokichi et Saké se sont jetés sur le lit pour me venir en aide.

— Ça va. Une crampe, c'est tout.

Je me suis levé et me suis dirigé vers les toilettes. J'ai fermé la porte à clé et je me suis couché dans la baignoire. J'ai compté jusqu'à mille deux cent soixante-seize, puis je me suis levé et je suis sorti de la chambre. Ils étaient tous les deux installés à la table de la cuisine et fumaient.

— J'en veux une, ai-je dit en m'assoyant à mon tour.

— T'es sûr? a demandé Saké.

— J'en veux une, ai-je répété.

Elle m'a passé une cigarette. Chokichi l'a allumée.

— On a quelque chose à boire? ai-je demandé.

Chokichi a ouvert une armoire et en a sorti trois verres. Il a ensuite trouvé de la glace dans le congélateur du frigo et a rempli à demi les verres de gros glaçons. Pendant ce temps, Saké s'est rendue dans la section salon du petit deux-pièces et est revenue avec une bouteille de rhum et une lime. Elle a coupé la lime en trois, mis les morceaux dans les verres et versé du rhum sur les glaçons jusqu'à ce que les verres soient pleins. On a trinqué. Puis on a mangé de la soupe de concombre, froide.

Saké avait apporté avec elle, dans ce petit appartement qu'elle avait déniché sur Internet, une vieille

chaîne stéréo et une collection de cassettes audio ache-
tées dans une friperie à Chicago. Elle a fouillé dans la
boîte et a inséré dans le compartiment *Kiss Me Deadly*
de Generation X. Elle nous a raconté la petite histoire
du groupe avant de lancer la musique. Elle nous a
parlé de Billy Idol et a annoncé que la première chanson de l'album, *Dancing With Myself*, était « l'une de
ses préférées de tous les temps ». Son expression. Elle
a monté le son et a appuyé sur le triangle.

Et elle n'est pas revenue s'asseoir avec nous. Non.
Elle a lancé ses souliers vers le divan, remonté sa
robe sur ses hanches et elle est grimpée sur la table.
Elle s'est mise à danser en hurlant les paroles de la
chanson. J'ai avalé tout le contenu de mon verre de
rhum et je suis monté sur la table à sa suite. Chokichi
nous a rapidement imités. Nous étions tous les trois
debout et nous dansions comme si c'était la fin du
monde. Sans bouger nos pieds toutefois, parce qu'on
n'avait pas beaucoup d'espace. À un moment, Saké
s'est mise à sauter sur place, visiblement ivre, portée
par la musique. Une des pattes de la table a cédé sous
notre poids et les autres ont suivi. Nous nous sommes
effondrés par terre, dans un vacarme infernal de méla-
mine déchirée, de métal clinquant et de hurlements
de surprise et de douleur. Quelqu'un a cogné contre le
plafond de l'appartement d'en bas. Je riais trop pour
bouger. J'étais comme paralysé par le bonheur d'avoir
mal partout à cause de la chute. Saké s'est relevée, a
ajusté sa perruque, sa robe et son collant et s'est assise
sur une des deux chaises qui n'avaient pas été renver-
sées par notre chute. Je suis resté couché dans le tas
de débris, Chokichi à mes côtés, toujours secoué par

le rire et les larmes qui coulaient alors de mes yeux. Chokichi a fini par se lever pour nous préparer un autre verre de rhum.

— Bien plein, encore une fois, a dit Saké.

— Oui.

Je me suis calmé, j'ai essuyé mes yeux et j'ai demandé :

— Vous me racontez comment vous avez volé mon corps à l'hôpital ?

— Pour ça, a répondu Saké, il faut que je boive un coup avant.

Chokichi lui a tendu le premier verre. Il a déposé les deux autres sur le comptoir. Je me suis levé. Saké buvait déjà ; elle en était à sa troisième ou quatrième gorgée. Le verre était maintenant vide. Elle s'est essuyé la bouche.

— Ouah.

Chokichi a frappé son verre contre le mien. Nous avons bu. Je n'ai pas vidé tout le rhum, je m'en suis gardé un peu pour survivre à l'histoire qui allait m'être racontée.

— En fait, ce qui me surprend le plus dans tout cela, c'est la facilité avec laquelle on a réussi à s'en tirer, a commencé Saké. Je pensais que ce serait difficile, de voler un cadavre.

Je me suis un peu étouffé.

— Un cadavre ?

— Excuse-moi, je voulais dire : un corps. C'est que tu n'as pas beaucoup collaboré à ton enlèvement, alors la comparaison avec un cadavre me semblait bonne.

Saké s'est levée de sa chaise pour aller éteindre les lumières. Chokichi a allumé des chandelles qu'il a sorties d'une armoire. Ces deux-là agissaient comme s'ils ne partageaient qu'un seul esprit, comme s'ils n'avaient plus besoin du langage pour communiquer.

— D'abord, a continué Saké en s'assoyant, j'ai loué l'appartement. Je cherchais quelque chose d'éloigné de Chicago, mais pas trop quand même, pour qu'on puisse s'y rendre en une seule journée. J'ai trouvé ce bled sur une carte et j'ai regardé les petites annonces locales sur Internet. Je suis venue en bus, j'ai rencontré le propriétaire, payé une caution, reçu les clés. Je suis retournée en bus à Chicago. Là, Chokichi et moi avons élaboré le reste du plan.

Elle s'est arrêtée pour remplir de nouveau son verre et prendre une gorgée de rhum.

— Il fallait louer une voiture, une fourgonnette de préférence, mais discrète quand même pour ne pas attirer l'attention. J'ai laissé Chokichi s'en charger. Moi, je me suis occupée des costumes et de la logistique sur le terrain. Mais je laisse Chokichi te raconter.

Chokichi s'est raclé la gorge.

— J'ai choisi d'œuvrer sous les couvertures, en douce, pour ne pas laisser de *paper trail*, comme ils font dans les films, n'est-ce pas? Donc, au lieu de louer une voiture dans une agence et de devoir fournir passeport et carte de crédit, j'ai appelé un ami à Montréal qui connaît pas mal de gens. Il m'a donné le numéro de téléphone d'un autre qui m'a recommandé un autre, et ainsi de suite, jusqu'à ce que j'obtienne l'adresse d'un mécano de La Grange Park, une banlieue de Chicago, qui donne dans les magouilles, à ce qu'on m'a dit. Je suis allé lui rendre visite à son atelier dans sa cour arrière, où il répare les voitures de ses amis et connaissances. Je lui ai dit que je cherchais à me procurer une voiture anonyme pour pas trop cher. J'ai pensé qu'il allait me vendre une fourgonnette décorée du logo d'un exterminateur, comme dans les films encore, mais non ; il m'a proposé un véhicule qu'il avait récupéré et retapé, un truc improbable : un petit autobus scolaire jaune. Très jaune. *People don't suspect school buses. They always assume they're in their full right to be there. They're school buses, for cryin' out loud.* Il avait raison, après tout. Si je vois la fourgonnette d'un exterminateur dans la rue, je vais être plus porté à imaginer un tas de scénarios que si je vois un autobus scolaire. En plus, on allait avoir amplement de place pour transporter ton corps et nos trucs dans le bus. Alors je lui ai échangé le bus contre de la morphine. Ça ne nous a rien coûté.

Puis ils m'ont raconté comment Saké a observé pendant quelques jours les allées et venues à l'étage où j'avais ma chambre pour savoir à quel moment procéder. Comment elle s'est procuré des uniformes pour que Chokichi et elle puissent passer pour des infirmiers. Puis ils en sont venus au clou du spectacle, au nœud de l'affaire : le moment où ils ont dérobé mon corps. Ils ont piqué une civière à l'entrée des ambulances, l'ont montée à la chambre et, au moment où personne ne circulait à l'étage, ils m'ont débranché, mis sur la civière et se sont rendus à toute vitesse jusqu'au stationnement, où le bus avait été stratégiquement garé. Ils ont installé la civière dans le bus et ont démarré et conduit pendant dix heures sans arrêter, sauf pour remplir le réservoir à essence, jusqu'à Madison, Alabama. Ils m'ont couché dans la chambre, Chokichi m'a veillé presque jour et nuit,

Saké s'est débarrassée des uniformes, du bus et de tout ce qui aurait pu les incriminer, a trouvé du boulot comme chanteuse de l'hymne national pour le sport amateur et a commencé à porter des perruques et des vêtements de danseuse nue et a entamé un régime de concombres et de rhum.

— Je me sens bien. Je me sens femme. Je suis en forme. Je n'ai pas faim. Je suis tout le temps saoule. C'est parfait pour moi.

Elle a pris une gorgée de son verre de rhum, ce qui était à propos.

— Vous tenterez l'expérience : mettez-vous une petite robe noire, un collant, des talons hauts rouges, une perruque mauve, beaucoup d'*eyeliner*, buvez une grande rasade de rhum le matin, mangez des concombres froids le midi, buvez quelques verres de rhum en après-midi et allez chanter *The Star-Spangled Banner* complètement saouls devant des petites filles habillées en beige qui n'attendent que de frapper la balle molle avec leur bâton : c'est comme une catharsis, ça remet les choses en place, on voit la vie de façon un peu plus claire après.

Et elle a éclaté de rire.

— Je suis tellement saoule. Je vais me coucher.

Elle nous a envoyé des baisers avec sa main.

— Bonne nuit, les garçons !

HOLLYWOOD
PETIT POÈME ILLÉGITIME N° 19 (BIS)

comme une vague sur les cailloux
après la longue promenade
dans tes yeux de lumière du soir
que des taches rouges et orange
pour qui ne comprend rien

XAVIER

Je n'ai pas encore dormi depuis que je suis rentré à Toronto. Je n'en ai pas besoin. Le sommeil ne vient pas et je ne suis pas fatigué.

Il a cessé de neiger, mais l'air est resté très froid. Une nuit, alors que je tournais en rond, toutes les lumières se sont éteintes. J'ai regardé par la fenêtre : la ville au complet était plongée dans le noir. Je n'avais jamais vu Toronto de cette façon. Je me suis habillé chaudement, il faisait moins vingt degrés Celsius, et je suis sorti.

La neige craquait sous mes pas. Des voitures étaient arrêtées dans la rue, n'importe où, et des gens un peu paniqués essayaient de les faire démarrer, ils tentaient d'utiliser leurs cellulaires ou de se réchauffer avec des briquets, mais rien ne fonctionnait : les voitures ne démarraient pas, les cellulaires ne fonctionnaient pas, les flammes des briquets étaient éteintes par le vent froid. On se serait attendu à ce que des lumières s'allument quelque part, par l'action de génératrices, mais il ne se passait rien. L'hiver nous avait paralysés. Mai dans quelques jours.

Puis j'ai levé les yeux.

De ma vie je n'avais jamais vu quelque chose d'aussi magnifique.

C'était comme si je regardais le ciel pour la première fois, le ciel que nos ancêtres devaient voir avant l'industrialisation. J'ai compris alors ce qui pouvait les fasciner autant dans ce spectacle de couleurs et de lumières. Partout où je regardais, il y avait quelque chose, une constellation, un nuage de points rouges, mauves, orangés, bleus. J'ai enfin vu la Voie lactée, cette longue traînée lumineuse qui traversait le ciel. Et j'ai remarqué les étoiles filantes. Elles s'allumaient et s'éteignaient ici et là, après avoir parcouru une certaine distance. J'en ai compté vingt, trente, puis j'ai perdu le compte parce qu'elles se déplaçaient trop rapidement et qu'il y en avait parfois plusieurs en même temps.

Les lumières de la ville se sont allumées, les voitures ont accepté de démarrer, les cellulaires se sont remis à fonctionner. Je suis rentré.

Un orage magnétique, a annoncé la télévision, causé par une éruption solaire particulièrement forte.

::

Le lendemain matin, j'ai reçu un message texte de Gia sur mon téléphone. *rdv au lounge du sheraton, 43e etage, demande une chambre sur un etage club pour y avoir acces. samedi 20 h. profite de la vue en mattendant.*

Deux jours pour me préparer.

::

Je me suis présenté à l'accueil. On m'a offert une suite avec lit *king* au trente-huitième étage. J'ai payé. Je suis tout de suite monté au salon-bar. Il était presque vingt heures. On y servait des hors-d'œuvre. J'ai commandé un martini et je suis allé m'asseoir côté sud, devant la fenêtre. J'ai bu mon martini à petites gorgées en écoutant la musique et en admirant la vue. C'est un vieux disque qui jouait, à la fois jazz et country avec un son moitié cabaret moitié folk. Quelque chose d'étrange mais d'une grande beauté. On entendait par-dessus la musique la poussière caractéristique des vieux trente-trois tours. Une chanteuse à la voix très grave poussait des gémissements et faisait des vocalises. Puis elle s'est mise à hurler : « *Will someone remember me ?* » J'ai été traversé par un immense frisson, comme si je m'étais soudainement retrouvé sur le toit à endurer le vent glacé qui soufflait sur la ville monstrueuse. J'ai fermé les yeux. Quand je les ai ouverts de nouveau, il neigeait sur Toronto. De mon fauteuil, je voyais la tour CN et les gratte-ciel du quartier financier, ceux de la BMO, de la Banque Scotia, de la TD. Les édifices formaient un mur qui m'empêchait de voir le lac pourtant à quelques rues seulement. J'ai fermé les yeux de nouveau et je me suis concentré sur la voix de la chanteuse. Une voix noire, une voix de poussière, de cigarette et de scotch, une voix de vieux tourne-disque.

Un employé du bar a touché mon épaule.

— *Sir, I have a message for you.*

Il m'avait tiré assez brutalement de mes rêveries, mais j'ai agi comme si je n'avais pas été surpris.

— *Thank you.*

J'ai pris l'enveloppe qu'il me tendait de sa main gantée.

> *Xavier,*
> *Il faudra apprendre à m'oublier. Je n'ai fait que passer dans ta vie comme tu n'as fait que passer dans la mienne. Il y a quelqu'un déjà qui partage mon quotidien. Je te réserve pour l'extraordinaire. Ne me cherche pas; je te trouverai quand le temps sera le bon. En attendant, repose-toi et profite de la vue magnifique. Tu es tout mignon devant la fenêtre.*
> *Paç fat!*
> *Gia.*

Je me suis retourné. Personne derrière moi. J'ai fait une boule de la note et de l'enveloppe et je l'ai jetée par terre. À ce moment, je n'avais qu'une certitude : il me fallait quitter la ville.

Puis une fenêtre côté nord a explosé dans un fracas déconcertant. Je me suis jeté par terre sous une table pour me protéger.

XAVIER
CAHIER Nᵒ 2, ENTRÉE I

J'ai cherché «*Paç fat*» dans un dictionnaire en ligne. «*Bonne chance*», que ça veut dire, en albanais. Bonne chance pour quoi?

Mon appartement a été pris en charge par une agence immobilière. J'ai choisi de ne garder que ce que je pouvais apporter avec moi. Je me suis acheté un nouveau cahier: une nouvelle vie, un nouveau cahier. Mais je ne sais pas où aller. Je suis à l'aéroport depuis deux jours déjà. Je n'ai pas choisi où commencera cette nouvelle vie.

J'ai placé le caillou qui a fracassé la vitre du quarante-troisième étage du Sheraton dans ma valise, dans un bas de coton que j'ai roulé en boule tout au fond d'un soulier, pour être certain qu'on ne le remarque pas aux rayons X.

Dans l'attente, alors que j'hésite à prendre une décision, j'observe les gens qui transitent tout autour de moi et je les dessine dans ce nouveau cahier, en tentant de rendre par le croquis l'impression que je suis le point focal d'un film projeté trop vite, un film muet dont je suis le centre névralgique, même si je ne fais absolument rien.

HOLLYWOOD

— Ça va ? m'a demandé Chokichi, après que je me sois retourné pour la dixième fois au moins.

— Je ne peux pas dormir.

— T'as peur ?

— Non. Mais ça ne marche pas. Je ne peux pas dormir.

Nous étions couchés l'un à côté de l'autre sur le matelas posé par terre. Un faible rayon de lumière orange qui filtrait d'un coin de la fenêtre éclairait la chambre. Je me suis retourné encore et me suis couché sur le dos. Ma jambe touchait celle de Chokichi. Je ne l'avais pas cherché, c'était arrivé comme ça. Le matelas n'était pas très large. Mais je n'ai pas retiré ma jambe. Chokichi ne remuait pas. Je l'entendais respirer. Il ne se passait rien. Madison est une ville plutôt tranquille. Une voiture passait de temps à autre, Chokichi respirait de plus en plus vite. Si j'avais eu un cœur, j'imagine que je l'aurais entendu battre.

Un bruissement dans les couvertures. Une légère pression sur ma jambe. Puis Chokichi qui s'est levé en poussant les couvertures, qui s'est installé sur moi, ses jambes de chaque côté de mes hanches, son ventre contre le mien, et qui m'a embrassé furieusement.

Je l'ai laissé faire. Je lui ai enlevé son chandail. Il m'a enlevé le mien. Il a mordu mes lobes d'oreilles, léché mon torse.

Ça a commencé comme ça.

J'étais gluant de sueur. La chambre sentait le stupre. Chokichi reprenait son souffle. Nous étions assis côte à côte sur le lit, le dos contre le mur, les jambes repliées sur le torse. Je ne disais rien. Je regardais le sol, le plancher de bois, le petit tas formé par nos vêtements jetés là.

— Ça te fait bizarre, hein ?

— Oui, que j'ai répondu.

J'avais un peu mal au creux du ventre. Une crampe me traversait le thorax. J'étais délicieusement troublé même si c'était douloureux.

— Moi aussi, a dit Chokichi.

Personne n'a bougé.

— Tu la tiens, ta scène de film, que je lui ai dit.

Des larmes coulaient de mes yeux, mais je ne pleurais pas.

: :

J'ai passé vingt minutes sous la douche sans avoir l'intention d'en sortir. J'ai laissé l'eau couler sur ma tête et sur le reste de mon corps. Mes mains tremblaient encore.

HOLLYWOOD
PETIT POÈME ILLÉGITIME N° 24

tu me diras qu'il pleut dehors
et je ne répondrai rien

il y a quelqu'un
là-bas
que je ne peux plus entendre

TROIS

XAVIER

À défaut de savoir où aller, j'ai finalement opté pour la destination la plus improbable, un endroit où je pourrais passer tout mon temps dans une chambre d'hôtel sans qu'une culpabilité stupide m'oblige à sortir afin de profiter des attraits de la ville. J'ai choisi Pittsburgh, en Pennsylvanie.

Un vol aller simple d'une durée de quatre heures, escale à Boston incluse, départ de Toronto à six heures quarante-cinq, arrivée à dix heures cinquante, pour quatre cent trente-six dollars, exploité conjointement par Air Canada et US Airways. Je n'avais jamais mis les pieds à Pittsburgh ; cette ville ne faisait certainement pas partie de ma cosmogonie ni de ma géographie mythique. Tout ce qu'il m'était possible d'attribuer à cet endroit était la présence d'une équipe de la Ligue nationale de hockey, les Penguins, bien que le hockey ne m'intéresse pas du tout. J'imagine que c'est un des dommages collatéraux qui viennent avec le fait d'avoir grandi et habité au Canada tout ce temps…

J'ai acheté un billet, enregistré ma valise, passé les douanes, puis j'ai attendu une petite demi-heure à la porte d'embarquement.

L'avion a décollé, atterri à Boston. Correspondance sans problème, bagage enregistré réacheminé automatiquement. Embarquement, décollage, atterrissage à Pittsburgh. À onze heures trente, j'étais dans un taxi en direction de l'hôtel Westin attaché au Centre des congrès de Pittsburgh, juste à côté de la gare d'Amtrak. Le Westin, parce que j'allais passer un temps indéterminé dans ma chambre et que je la voulais luxueuse et confortable, pour, que sais-je, *compenser*.

J'ai hérité d'une suite exécutive avec meubles de bois massif, acajou ou noyer, avec draperies, salon et chambre, salle d'eau et salle de bain. J'avais de l'argent, il fallait bien que ça serve à quelque chose.

J'ai lancé mon sac sur le lit et je me suis assis par terre. J'ai utilisé mon téléphone pour trouver un endroit pas trop loin où acheter un ordinateur portable. J'avais des recherches à effectuer, du temps à perdre et de l'argent à dépenser.

Le centre-ville sous la neige m'a donné envie de pleurer. Il y a une certaine forme de bonheur assez sournois dans le désœuvrement. C'est-à-dire que, n'ayant nulle part où aller, presque aucun espoir, on est moins sujet aux grandes déceptions et aux chagrins explosifs. On nage continuellement dans une sorte de *twilight zone* d'émotions douces et terribles.

Je me suis acheté un ordinateur portable et de nouvelles bottes, que j'ai enfilées dans le magasin. J'ai laissé à l'employé le bonheur de jeter les anciennes, toutes trouées, bousillées, à l'aube d'être protégées par l'UNESCO en tant que patrimoine historique. Je suis entré dans un restaurant fusion et j'ai déballé à la table mon ordinateur, que j'ai immédiatement branché et relié au premier réseau wifi non protégé que j'ai trouvé.

Je me suis rendu sur le site de l'Union des artistes et j'ai entré Gia Kasapi dans l'outil de recherche du bottin en ligne. J'ai rapidement trouvé les coordonnées de l'agence qui la représente. J'ai appris aussi plusieurs choses sur elle : passage dans la Modern Company de la Brookline Academy of Dance de Boston ; un an à l'école du National Ballet of Canada de Toronto ; quelques productions à Toronto, à Montréal et à New York, toujours dans le corps de ballet ; diplômée de la section anglophone de l'École nationale de théâtre de Montréal cinq ans plus tard ; plusieurs rôles au théâtre un peu partout au Canada et aux États-Unis : Ottawa, Montréal, Victoria, Calgary, Philadelphie, New York ; une photo en noir et blanc datée de 2010 ; la liste des nominations et prix remportés ; rôle marquant : Blanche DuBois dans *A Streetcar Named Desire* de Tennessee Williams, produit en 2009 par le Centaur Theatre.

Devant mon plat de nouilles thaï, j'ai appelé son agente : bonjour, j'aimerais discuter avec Gia Kasapi, que vous représentez. Serait-il possible d'obtenir un rendez-vous avec elle assez rapidement ? L'agente n'a pas accepté : donnez-moi plutôt votre numéro de téléphone et je le transférerai à Gia, qui est en tournée en ce moment.

De retour vers ma chambre, j'ai dévalisé d'autres boutiques et magasins. Je suis finalement rentré avec une bouteille de scotch, un veston en tweed avec des pièces de cuir brun aux coudes, une lasagne congelée et un pain au tournesol, et des comprimés d'ibupro- fène extra forts pour chasser la migraine. J'avais suivi les conseils d'Antony et jeté tous les médocs que j'avais accumulés chez moi, avant de partir de Toronto. Le sevrage me donnait un mal de crâne incroyable ; res- tait à voir si j'allais être en mesure de dormir sans somnifères et de répéter cet exploit tous les soirs.

XAVIER
CAHIER Nº 2, ENTRÉE IV

La nuit venue, pas de somnifères pour m'endormir. Impossible, donc, de sombrer dans le sommeil. Ce qui veut dire : je n'ai rêvé à rien, puisque je n'ai pas dormi.

Je ne suis toujours pas fatigué.

Je suis installé devant la fenêtre et je noircis plusieurs pages du cahier à tenter de reproduire ce que je vois, les lumières de la ville qui se reflètent sur la neige, le contraste magnifique entre les couleurs sombres des édifices et les teintes presque pastel de la neige illuminée.

Tout ce temps, la télévision est allumée, un film débile joue, je n'y prête pas trop attention ; je suis rassuré, tout simplement, par le bruit et l'impression que ma solitude est comblée par les vies majuscules de ces héros inventés avec qui je partage ma chambre.

J'ai vérifié plusieurs fois mon téléphone ; je n'ai raté aucun appel. Gia n'a pas tenté de me joindre.

J'ai très envie d'un somnifère. Mais je résiste. Doucement, le matin arrive. Il neige encore. Et je réalise soudainement : ma vie ressemble de plus en plus à ce cahier. C'est-à-dire : le réel fusionne avec la perception que j'en ai.

HOLLYWOOD

— Tu m'expliques c'est quoi la réalité de tout ça ?

— C'est-à-dire… ?

— On est là pourquoi ? Vous m'avez raconté comment vous m'avez emporté ici et tout, ce n'est pas ça que je veux savoir. Tu ne trouves pas ça absurde, après tout, notre présence ici, en ce moment ?

Saké a croqué dans le concombre qu'elle tenait dans sa main.

— Je ne sais pas, Holly. Si tu considères que les choses doivent toujours avoir un but et une utilité, tu n'as pas fini de t'en faire, je pense.

Elle avait raison. Je lui ai arraché le concombre des mains et j'en ai pris une grosse bouchée. Il était juteux et croustillant. Ça m'a calmé. Elle tient peut-être quelque chose, avec son drôle de régime, que je me suis dit.

Je lui ai expliqué que ce n'était pas la peur qui m'empêchait de dormir, mais que j'en étais *physiquement* incapable.

— Un autre truc à inscrire à la liste des incongruités de mon corps, ai-je ajouté. Bientôt il me poussera une corne ou que sais-je encore et je serai prêt à rejoindre un cirque ou une troupe de gitans.

— T'es con ! a-t-elle dit en se levant. Ce qu'il te faut, c'est une occupation. Viens avec moi cet après-midi : ça va te changer les idées.

J'ai accepté son invitation. De toute manière, j'avais très envie de la voir — et de l'entendre — chanter l'hymne national américain. Saké n'a jamais été du genre patriote, pas même dans notre pays.

Chokichi était parti tôt le matin en quête de travail, lui aussi. Depuis que je m'étais enfin réveillé et que je ne semblais pas près de retomber dans le coma, il était libre de ses journées et voulait, je le cite, «faire un peu de thune pour qu'on se paie du bon temps». Peu importe ce que cela voulait dire.

J'ai accompagné Saké à la partie de balle-molle pour constater qu'elle n'était pas vraiment *payée* pour chanter l'hymne national ; on la récompensait en lui offrant des hot dogs gratuits. Je l'ai alors affrontée, parce que ça contredisait à peu près tout ce que j'avais appris sur elle depuis mon réveil.

— Tu crois vraiment que je peux tenir toute une journée avec des concombres et du rhum ? Bien sûr que non. Mais les saucisses et le pain, ça revient cher, et si tu veux avoir un hot dog qui a une certaine personnalité, il faut y ajouter de la choucroute, de la moutarde, de la mayo, du ketchup, et tout un tas d'autres condiments que je n'aurais pas les moyens d'acheter. J'ai fait croire à Chokichi que j'étais payée pour qu'il ne me demande pas d'où vient l'argent pour l'appartement…

— Il vient d'où, alors, cet argent ?

Elle n'a pas voulu me répondre tout de suite. Elle a enfourné un gros morceau de hot dog.

— Tu peux en prendre, c'est gratuit, a-t-elle dit, la bouche pleine.

J'avais faim, je me suis préparé un hot dog. Mais j'ai insisté pour qu'elle réponde à ma question.

— Mes parents m'envoient de l'argent par la poste. J'ai reçu une enveloppe à Stockholm, une à Chicago et une à Madison. Je dois avoir un GPS sous la peau, ou quelque chose comme ça, pour qu'ils puissent me retrouver chaque fois que je me déplace. C'est pour ça, d'ailleurs, que je suis partie sans toi : je voulais voir si c'était possible de les semer, de disparaître, comme eux. Je ne sais pas où ils sont et ils savent constamment où je suis ; je pense que ça va me rendre bientôt folle.

Saké s'est assise dans les estrades et a enfoui sa tête dans ses mains ; ça m'a rassuré sur son humanité. Je veux dire : ça m'inquiétait et ça me dérangeait un peu, sa nonchalance face à la disparition de ses parents, son manque de curiosité par rapport à leurs allées et venues. À sa place, j'aurais cherché à comprendre pourquoi ils étaient partis, où ils étaient, comment ils s'y prenaient pour savoir où elle se trouvait.

Je me suis assis à mon tour et j'ai passé mon bras autour de ses épaules. On est restés comme ça pendant une minute environ, une minute sans rien dire. Puis elle s'est levée, elle a essuyé ses joues du revers de la main et elle a souri.

— Bon, c'est passé, on n'en parle plus.

Elle s'est dirigée vers le barbecue.

— Tu veux un autre hot dog ?

— Non merci, j'ai assez mangé.

Chokichi est revenu une fois le soleil complètement disparu à l'horizon.

— Ce n'est pas glamour du tout, mais c'est mieux
que rien, a-t-il dit en déposant un uniforme orange
sur la table de la cuisine.

Il s'est assis avec nous, a pris un des verres vides sur
la table et l'a rempli de rhum. Saké et moi avions déjà
bu ce qui restait d'une bouteille et en avions entamé
une deuxième.

— Je n'ai pas de visa ou de permis de travail. Ils
vont me payer en argent comptant. Mais pour le reste,
c'est un emploi normal, presque légal. Ça te fera plaisir alors, dit-il en regardant Saké.

— Oui, qu'elle a répondu. Vaut toujours mieux
vendre de la bouffe de mauvaise qualité à des gens
avec un surplus de poids que de procurer de la drogue
à des *junkies*. Enfin… je pense.

Elle a éclaté de rire et s'est fracassé la tête sur la
table ; j'ai rigolé à mon tour.

— Je pense que je suis saoule.

— Tu penses ?

Chokichi s'est servi un deuxième verre de rhum.

— Vous avez commencé ça tôt, on dirait ?

Il s'est tourné pour regarder l'heure sur le four à
micro-ondes.

— Il est à peine vingt-deux heures… J'ai besoin
de boire combien de verres pour vous rejoindre dans
votre ivresse ?

J'ai réfléchi un instant avant de lui répondre.

— Pour moi, seulement trois autres. J'ai bu quatre
verres. Mais Saké, je sais pas, elle a fini la bouteille
alors…

— Ouais, je suis vraiment saoule, a-t-elle dit entre deux hoquets. En fait, je pense que je vais aller me coucher tout de suite, si je ne veux pas être malade. Bonne nuit, les gars !

On lui a souhaité bonne nuit. Elle s'est levée avec difficulté et s'est rendue au salon en s'appuyant aux meubles et contre les murs. On l'a entendue s'effondrer sur le divan et ronfler quelques minutes plus tard.

Chokichi et moi avons bu quelques verres ensemble en discutant de la journée. C'était donc ça, vivre en société ! Je lui ai raconté pour Saké, l'argent, les hot dogs, le fait qu'elle a craqué devant moi pendant la partie de balle-molle... Il m'a parlé de sa journée à lui, de son nouveau travail, de son manque d'enthousiasme.

— T'as dormi cette nuit ? a-t-il demandé.

— Non. Pas même une petite minute.

— Et tu le sens ? T'es fatigué ?

— Non.

Nous avons parlé un long moment et nous avons réussi à vider la deuxième bouteille de rhum. Je commençais à être de moins en moins cohérent. Je me suis rendu au salon à quatre pattes, incapable de me tenir debout, pour voir si on avait réveillé Saké avec nos éclats de rire. Elle dormait sur le dos, la bouche grande ouverte. J'ai encore éclaté, mais elle n'a pas bougé.

— C'est bon, elle dort, que j'ai gueulé vers la cuisine.

Chokichi est venu me rejoindre.

— Qu'est-ce que tu fais par terre ?

— Je ne sais pas, ai-je répondu. C'est plus confortable.

Il m'a pris par les mains pour que je me lève.

— Monte, je vais t'aider.

Il s'est accroupi pour que je grimpe sur son dos. Il s'est relevé, je me suis accroché à son cou. Chokichi était intoxiqué, lui aussi, et ça s'est traduit par une démarche pas très assurée qui nous a menés directement dans un mur. Nous sommes restés par terre à hurler de rire pendant quelques minutes, incapables de parler. Le voisin d'en bas a encore cogné au plafond, ce qui a ranimé notre hilarité. Puis j'ai fait le reste du chemin à quatre pattes, suivi de Chokichi. Nous nous sommes lancés sur le lit. J'avais envie d'écouter de la musique à tue-tête. J'ai choisi un des albums offerts par mon père. Je l'ai mis sur la platine, en m'y reprenant trois fois pour être capable d'aligner le petit trou au centre du disque avec la tige de la table tournante que Saké avait achetée chez un antiquaire. Puis j'ai placé l'aiguille à l'endroit exact où commençait la pièce *Black Velvet*; ce n'était pas la première fois que je l'écoutais, et Chokichi l'a remarqué.

— C'est Joni Mitchell, ça aussi ?

— Non. Alannah Myles. Cette chanson est trop puissante, écoute.

Nous nous sommes assis sur le lit, adossés contre le mur. J'ai collé ma jambe contre la sienne. Et nous n'avons pas bougé.

En fermant les yeux, je pouvais voir les étoiles comme si elles étaient imprimées sous mes paupières.

HOLLYWOOD
PETIT POÈME ILLÉGITIME N° 31

sur ses lèvres une fulgurance
que j'aimerais te raconter

XAVIER

Il ne se passait absolument rien. Le téléphone ne sonnait pas. Quelqu'un du personnel d'entretien venait chaque matin apporter des serviettes propres et remplir la petite bouteille de shampoing. Je paressais dans le lit jusqu'à midi, même si je ne dormais pas. Je visitais Pittsburgh, ses librairies, ses petits restaurants.

Je me suis acheté quelques vêtements. Je n'ai pas poussé le luxe jusqu'à les envoyer à la blanchisserie de l'hôtel. De temps à autre, je me payais une petite visite à une buanderie coréenne au centre-ville.

Pendant que mes vêtements étaient dans la machine, je me suis installé sur un banc de métal et j'ai fait semblant de lire un recueil de poésie que je m'étais procuré chez un bouquiniste mais qui m'ennuyait profondément. J'écoutais les conversations et j'observais les gens et cela me donnait l'impression que je participais à quelque chose, que mon existence n'était pas totalement inutile puisqu'elle s'inscrivait dans un programme universel; je faisais partie de la communauté.

Puis comme ça, pour rien, pendant le cycle de rinçage, mon cœur s'est emballé. En temps normal, j'aurais avalé quelques comprimés pour l'empêcher de battre à toute allure dans ma poitrine et de me déchirer le thorax. Mais je n'avais rien sur moi et j'avais promis à Antony d'être *clean*, de surmonter mes multiples dépendances. J'ai respiré lentement, peut-être trop profondément ; je me suis senti tout bizarre, la tête légère, sur le point de m'évanouir. Je me suis étendu sur le banc. J'avais chaud. J'ai détaché les premiers boutons de ma chemise et je me suis éventé un peu. Un garçon est venu me voir.

— *Are you all right, sir?*

J'ai répondu par l'affirmative, puis je me suis levé et je suis sorti.

: :

Ti je e bukur. *Mais il y a quelqu'un d'autre dans ma vie, je l'ai déjà dit. Par contre, au-delà de ce fait, il y a quelque chose de plus essentiel qui nous empêche d'être ensemble — et c'est mieux ainsi. Retourne à Montauk tout de suite, Xavier, parce qu'après il sera trop tard : la tempête va être de plus en plus violente là où tu es et tu seras prisonnier de Pittsburgh.*

Amitiés,
Gia

P.-S. Mon petit garçon s'appelle Zarik. Il te ressemble beaucoup, d'une certaine manière — même si c'est tout à fait impossible. Malheureusement il est décédé à l'âge de dix jours. Son petit cœur a cessé de battre. Comme ça. Parce que c'est ainsi, c'est tout.

: :

Montauk, donc. En pleine tempête, au mois de mai. La neige me saoule, mais j'irai en voiture quand même, pour vivre une expérience. Neuf heures trente-sept minutes, cinq cent trois milles, par l'Interstate 80, selon les données glanées sur Internet. Reste à voir comment le voyage se déroulera.

Suis-je le seul à ne pas écrire de petites lettres destructrices?

XAVIER
CAHIER N° 2, ENTRÉE VIII

Je n'ai pas fermé l'œil depuis deux semaines. J'ai décidé de partir dans trois jours, un mercredi, pour aucune raison en particulier. Pour avoir le temps de reconstituer de mémoire, au crayon à mine, la maison sur la plage. Pour être en mesure de la retrouver une fois là-bas et de comparer mes souvenirs à la réalité. Peut-être qu'Hollywood y est toujours. J'y compte bien.

Quand j'en ai marre de dessiner, je regarde la neige tomber. Les rares nuits où le ciel est dégagé, j'observe les étoiles filantes. Les Lyrides, les Pi puppides, les Alpha bootides, les Mu virginides et les Omega capricornides. Toutes d'une très grande intensité.

Mai. Il neige encore.

Je regarde tout un tas de films dans ma chambre d'hôtel. Parce qu'il faut passer le temps. J'ai décidé de me consacrer à la filmographie de Zooey Deschanel; j'ai le loisir de choisir certaines de mes obsessions. Je ne les regarde pas dans l'ordre. Tout cela a commencé lorsque j'ai capté The Hitchhiker's Guide to the Galaxy *sur une chaîne de science-fiction. J'ai ensuite regardé* Almost Famous *et* The Good Girl, *que j'ai commandés sur le système télévisuel de l'hôtel. Puis j'ai vu* Yes Man *et* (500) Days of Summer *et* Winter Passing *et j'ai* appris qu'elle chantait aussi, donc j'ai acheté les trois albums de She & Him que j'écoute en boucle depuis, surtout celui de Noël puisqu'il neige sans cesse et que la voix de Zooey Deschanel me donne envie de pleurer.

J'essaie de comprendre les choses qui m'échappent.

HOLLYWOOD

— Tu ne trouves pas le temps long ?

— Oui, parfois. Surtout la nuit.

Nous étions couchés tous les deux sur le lit défait. Ni lui ni moi n'avions pris la peine de secouer les draps, de tirer la couette et de placer les oreillers convenablement depuis que nous nous étions installés ici. Quelques semaines déjà. Un soleil de plomb brillait tous les jours dans le ciel de mai de Madison, Alabama. J'apprenais tranquillement à me familiariser avec la valeur d'un degré Fahrenheit. Il faisait presque toujours quatre-vingt-dix-neuf degrés. En janvier, alors qu'on enregistre parfois des températures près du point de congélation (c'est-à-dire trente-deux degrés Fahrenheit, si j'ai bien compris), il avait fait en moyenne soixante-dix-huit degrés. J'ai réussi à glaner ces informations au journal télévisé et dans les quotidiens que Chokichi rapporte du fast-food où il travaille, une fois son quart terminé.

— Je veux dire : le jour, je suis tout seul, et la nuit, quand vous dormez, je suis encore tout seul… ça ne devrait pas changer grand-chose, sauf que je *sais* que vous êtes là, je peux vous voir et tout, alors ça m'embête un peu plus.

— Hmm. Je comprends… Je pense.

— Tu sais, j'ai toujours eu de la difficulté à m'endormir. J'avais l'habitude de croire qu'en fin de compte c'était une perte de temps, le sommeil, qu'on pouvait occuper nos heures de façon beaucoup plus intéressante. Mais là, maintenant que je peux profiter des vingt-quatre heures de la journée, je commence à regretter le sommeil. Dormir repose l'esprit. Autrement, on rumine toujours les mêmes choses et on n'arrive pas à s'échapper de soi-même.

Le disque que nous écoutions s'est achevé. Je me suis levé pour le changer de côté et remettre l'aiguille en place. C'était la *Symphonie n⁰ 5* de Mahler — un enregistrement du Chicago Symphony Orchestra dirigé par Georg Solti en 1970, un vieil enregistrement très rare devant public que Chokichi avait trouvé à Madison dans un bazar communautaire.

Je me suis couché de nouveau sur le lit. Chokichi a pris ma main. Nous sommes restés comme ça pendant un moment, sans parler, concentrés sur la musique.

Nous écoutions le quatrième mouvement, l'Adagietto. Je ne pensais à rien, sinon à la musique, aux violons et à la harpe, et on entendait par moments quelqu'un tousser discrètement ; des larmes coulaient sur mes joues. J'ai pleuré comme ça, en silence, pendant tout le morceau. De toute ma vie je n'avais jamais entendu quelque chose d'aussi sublime.

Puis le dernier mouvement s'est achevé et il y a eu un temps mort infini avant que le public qui assistait à l'enregistrement n'applaudisse. Un long silence pendant lequel ni Chokichi ni moi n'avons osé bouger, un de ces moments hors du temps qui n'existent que pour nous permettre de réintégrer nos corps et de revenir dans le monde réel.

Je me suis essuyé les joues. Chokichi a reniflé. Je n'ai pas tourné le regard; je ne voulais pas savoir s'il pleurait lui aussi ou s'il s'ennuyait à mourir. Mahler ne m'appartenait qu'à moi. Puis il a parlé.

— J'espère que tu n'es pas fâché que j'aie lu tes poèmes.

J'ai tourné la tête. Il y avait dans ses yeux une honnêteté désarçonnante, et quelque chose d'autre que je ne parvenais pas à reconnaître.

— Non, ça ne me dérange pas. Mais ça me gêne un peu, pour tout dire.

— Pourquoi?

— Parce que je n'ai aucune légitimité en tant que poète et que ce que j'écris me paraît assez insignifiant. Et que je n'ai jamais fait lire ce que j'écris à qui que ce soit, sinon Saké qui s'est octroyé elle-même la permission.

Chokichi a éclaté de rire.

— C'est quoi, une «légitimité de poète», hein? Je veux dire: tu écris de la poésie, ça me semble suffisant, non?

— Ben… euh… oui. Non. Je ne sais pas.

— Tu me diras que je ne connais rien à la littérature, mais je trouve que tu es dur avec toi-même. Je ne crois pas comme Saké que tu pourrais gagner ta vie avec ça, on s'entend là-dessus toi et moi, je dis seulement qu'il faut que tu continues à écrire. J'aime beaucoup ce que j'ai lu.

— Merci. Je vais continuer, oui, mais j'ai besoin d'un autre projet pour m'occuper. Je ne peux pas faire que ça, écouter de la musique le jour et écrire des poèmes la nuit. Par contre, je n'ai pas envie de travailler juste pour que le temps passe plus vite, tu vois ? J'ai besoin d'un projet qui me motive. C'est pour ça, au départ, que j'ai décidé de suivre Saké en Californie. Parce qu'elle me proposait une aventure complètement décalée. Là — et je ne dis pas que c'est de votre faute —, j'ai l'impression de perdre mon temps, alors que j'en ai tant à perdre, justement.

— T'as pensé à quelque chose de particulier, c'est ça ?

C'était comme s'il avait lu dans mes pensées.

— Oui.

— Et ça implique que tu t'en ailles ?

J'ai acquiescé.

Je me suis tourné vers lui et je l'ai embrassé. C'était la première fois que je prenais l'initiative d'un baiser. À ce moment, Saké est entrée dans la chambre.

— Les gars, a-t-elle dit en agitant une enveloppe.

Nous nous sommes redressés et Saké s'est assise avec nous sur le lit.

— Mes parents, encore une fois. Mais c'est différent. Lisez.

Elle a jeté l'enveloppe sur le lit. Je l'ai ouverte et j'ai lu le message à voix haute.

Saké. Voici un petit quelque chose pour ta subsistance, ainsi que celle de Chokichi et d'Hollywood. Bisous à tous les trois.

Il y avait dix billets de mille dollars, des billets de banque des États-Unis. Rien d'autre dans l'enveloppe.

Chokichi a pris l'argent entre ses mains et l'a compté plusieurs fois.

— Dix mille dollars, a-t-il dit. Dix mille !

Saké ne paraissait pas enjouée. Chokichi lui a demandé ce qu'elle avait.

— Mes parents ne devraient pas savoir que j'habite ici. Ils ne devraient pas connaître ton nom, Chokichi. Ils ne devraient pas savoir qu'Hollywood est avec nous. Et ils n'ont jamais eu autant d'argent. On a toujours bien mangé, mais on ne partait pas en voyage et on n'était pas propriétaires de notre maison. Depuis qu'ils sont partis, c'est comme si je découvrais que, tout ce temps, ils me cachaient des choses : ils étaient bourrés d'argent et attendaient le bon moment pour lever les voiles et dilapider leur pognon. Bon, c'est vrai que leur disparition me dérange un peu, mais pas au point que j'en fasse une maladie. Ce qui me trouble, c'est qu'ils soient en mesure de me retrouver chaque fois que je bouge, que je ne puisse pas disparaître comme eux sans laisser de traces. Je ne comprends pas...

Elle s'est effondrée sur le lit, la tête sur mes genoux.

— Avec tout ce qu'ils m'ont envoyé jusqu'à maintenant, plus les revenus de Chokichi, moins les dépenses reliées à l'appartement, à la bouffe et aux déplacements, on a à peu près treize mille dollars à notre disposition. Je dis : on fait quelque chose de grandiose. Un coup d'éclat, mais dont on serait les seuls à profiter.

Chokichi s'est levé.

— Treize mille dollars, c'est beaucoup, *beaucoup* d'argent !

Il était visiblement excité par la situation.

— Il faut célébrer !

Il est sorti de la chambre, pour y revenir une minute plus tard avec une bouteille de rhum, deux sacs de croustilles, une grosse tablette de chocolat.

— On n'a pas de caviar ou de champagne, mais au moins on a du rhum. Je n'ai pas apporté de concombres, a-t-il dit en faisant un clin d'œil à Saké.

— Ça va ! Les concombres, c'est fini. Passe-moi les *chips*.

Il lui a lancé le sac de croustilles aux crevettes, ses préférées. Il a ouvert la bouteille de rhum, en a pris une grande gorgée, et l'a passée à la ronde. De mon côté, je me suis levé pour changer le disque sur la platine. J'ai réfléchi un instant avant de choisir un album. Puis je me suis raclé la gorge et je me suis adressé à eux deux de façon officielle.

— Pour l'occasion, j'ai choisi un album très particulier. Vous serez peut-être surpris ; ce n'est pas le genre de musique dont vous m'entendez souvent parler. J'ai trouvé ce disque au magasin de musique du Plaza Center, au coin de Hughes et de Browns Ferry Road, et je n'ai pas hésité à l'acheter parce que c'est le seul album de ce groupe que je ne possédais pas encore — bon : les autres sont à Montréal, mais n'empêche, j'adore leur musique et je n'ai jamais eu ce disque en ma possession. C'est leur premier, en fait. J'écoute ces gars-là quand j'ai envie de planer, de me déconnecter complètement du réel qui me colle à la peau. Alors, pour célébrer notre richesse à tous les trois, je propose qu'on écoute *Enter the Wu-Tang (36 Chambers)*, du Wu-Tang Clan.

J'ai glissé l'aiguille sur le premier sillon de *Bring da Ruckus*. J'ai attendu que le morceau de dialogue du film *Shaolin & Wu Tang* se termine, puis j'ai fermé les yeux. Quand Ghostface Killah a commencé à chanter, je me suis mis à danser. Saké a hurlé.

Chokichi et elle se sont levés en riant. Ils m'ont rejoint devant la platine avec la bouteille de rhum. On a dansé tous les trois, jusqu'à cinq heures le lendemain matin, trois bouteilles de rhum plus tard. Chokichi a été malade, Saké s'est endormie sur le plancher de la chambre. Quand Chokichi s'est lui aussi assoupi par terre, dans la salle de bain, je me suis installé à la table de la cuisine avec mon petit cahier.

HOLLYWOOD
PETIT POÈME ILLÉGITIME Nº 37

par la fenêtre je vois le matin jaune
— le matin qui suffoque
— le matin de smog

je suis du peuple aux yeux rouges qui ne parvient plus
[à dormir

XAVIER

En plus des films mettant en vedette Zooey Deschanel, j'ai regardé *Eternal Sunshine of the Spotless Mind* et *Dedication*, en pensant aux dunes à demi enneigées et aux plages désertes, aux villages fantômes, abandonnés par les habitants de Manhattan qui les envahissent habituellement dès qu'on étouffe sur leur île surpeuplée, et cela a suffi à me convaincre que le voyage jusqu'à Montauk allait en valoir la peine. Je me suis occupé de la location d'un petit chalet un peu moins luxueux que la maison sur la plage, sans le piano ni l'enveloppe pleine de fric (selon toute logique, du moins) ; un petit chalet assez joli, avec un vieux poêle à bois et des portes-fenêtres. J'ai acheté quelques trucs, bouclé mes valises et je suis parti le matin du troisième jour, le mercredi.

La neige avait cessé la veille, comme pour me céder le passage ; il faisait froid, moins quinze degrés, mais la chaussée était dégagée et cela n'a pas été trop difficile de sortir de Pittsburgh. Je suis parti en milieu de matinée, vers neuf heures trente, pour éviter le trafic. Je me suis arrêté deux fois pour de l'essence et pour manger. En chemin, j'ai écouté la chaîne NPR et les trois disques de She & Him. J'ai traversé la Pennsylvanie d'ouest en est, puis le New Jersey. En passant sur le pont George Washington, j'ai remarqué que le fleuve Hudson était toujours gelé. La Harlem River, sous le pont Alexander Hamilton, l'était tout autant. J'ai traversé le Bronx. La nuit était tombée. Quelques bateaux semblaient dormir dans le détroit de Long Island. J'ai suivi différentes autoroutes jusqu'à la route 27, que j'ai empruntée jusqu'à Montauk, parfois voie express, parfois chemin panoramique.

Je suis arrivé au village vers vingt-deux heures ; je l'ai traversé lentement, à moins de quarante kilomètres-heure. Ça m'a fait tout drôle de voir les néons des magasins allumés et les fenêtres de certaines maisons encore éclairées. Des voitures circulaient dans les rues, des piétons marchaient sur les trottoirs ; le village avait repris vie. Je suis passé devant la pharmacie et j'ai eu envie de rigoler en me souvenant de mon épaule meurtrie. J'ai réalisé que la douleur ne m'avait pas accompagné, qu'elle était restée dans le rêve. Puis je suis arrivé devant le petit chalet. J'ai récupéré la clé sous le paillasson, comme me l'avait indiqué la propriétaire. Je suis entré.

J'ai allumé un feu dans le grand poêle à bois et j'ai descendu mes valises de la voiture. J'ai déposé mes choses dans la chambre que j'allais occuper pendant les deux prochaines semaines.

Je me suis rhabillé après avoir exploré la maison et je suis sorti. Le ciel était dégagé, le vent ne soufflait plus, une grosse lune brillait sur l'eau et les vagues, toutes petites, mouraient presque sans bruit. Somme toute, il ne faisait pas trop froid : moins dix degrés Celsius, environ.

J'ai levé les yeux au ciel. On voyait très bien Vénus et Jupiter. J'avais lu quelque chose dans les journaux là-dessus : les «astres» sont alignés d'une manière telle que cinq planètes sont visibles ces temps-ci. J'ai regardé le ciel assez longtemps pour voir Jupiter dépasser Vénus et grimper plus haut dans la voûte céleste ; puis la Lune s'est interposée entre les deux planètes. Tout cela me semblait avancer à une vitesse folle, mais j'ai constaté, en consultant mon téléphone, que j'étais assis sur la petite galerie depuis presque trois heures déjà. J'étais fasciné par le mouvement des astres et des étoiles. J'ai posé le téléphone par terre et j'ai continué à contempler le spectacle. Des étoiles filantes striaient le ciel de temps à autre et je souhaitais toujours la même chose complètement débile : je voudrais être heureux ; je voudrais être heureux ; je voudrais être heureux. Je me suis dit : il n'y a rien qui m'en empêche, sinon moi-même. Mais je m'acharnais à le demander aux étoiles qui tombaient dans la mer. S'il vous plaît, petits corps extraterrestres, s'il vous plaît : rendez-moi heureux.

Puis j'ai remarqué quatre points lumineux autour de Jupiter. Un sur la gauche, et trois sur la droite. J'ai pris mon téléphone et j'ai effectué quelques recherches sur Internet, pour découvrir qu'il s'agissait des lunes Europa, Ganymède, Io et Callisto. Je me suis immédiatement rappelé le reportage que j'avais regardé plusieurs fois à la télévision. J'ai couru à l'intérieur du chalet ; les lumières étaient toutes éteintes et le feu dans le grand poêle s'était lui aussi endormi. Je l'ai ravivé avec des bûches et du bois sec, puis j'ai fouillé le salon, la cuisine et le réduit, où j'ai finalement trouvé ce que je cherchais : une vieille radio à ondes courtes. J'ai ouvert tous les tiroirs de la cuisine et j'ai pris avec moi un rouleau de papier d'aluminium et des piles alcalines. Je suis retourné à l'extérieur.

Là, j'ai changé les piles de la radio et j'ai fabriqué une sorte d'antenne avec le papier d'alu, en prenant soin de la scinder en deux après une certaine longueur et de la relier au câble coaxial de l'appareil. J'ai ensuite allumé la radio. J'ai tourné le bouton pour changer la fréquence. Je me suis rendu trop loin, puisque passé 26 MHz, je me suis mis à entendre les communications des policiers et des camionneurs de la région. Je suis redescendu plus près de 20 MHz. Puis je suis tombé sur la bonne fréquence : Jupiter en direct qui transmettait comme un bruit de vagues mêlé à des chants de baleines mélancoliques. Je me suis couché sur le dos, les yeux braqués sur Io, et j'ai écouté la planète chanter pendant un très long moment, en pleurant comme un bébé.

Je me suis réveillé en sursaut après avoir entendu un bruit sourd qui venait de la radio. J'ai attendu quelques secondes sans bouger, en espérant qu'il se reproduise pour que je puisse l'analyser, mais il ne s'est pas répété. J'ai alors réalisé quelque chose : j'avais dormi. J'ai sorti mon téléphone de mes poches pour vérifier l'heure. Il était à plat, impossible de savoir combien de temps s'était écoulé. J'ai déplacé l'interrupteur de la radio pour pouvoir capter les ondes FM. J'ai cherché en vain une chaîne d'information en continu qui aurait pu m'indiquer l'heure. Toutes les chaînes que je captais ne diffusaient que de la musique classique. J'ai éteint l'appareil et je me suis levé.

Je me suis retourné pour me diriger vers le chalet, mais il n'était plus là. Devant moi se dressait la maison sur la plage, exactement comme dans mes souvenirs, identique à celle que j'avais dessinée dans mon cahier.

HOLLYWOOD

Vers neuf heures, j'ai entendu Chokichi se lever et
aller se coucher dans la chambre. À onze heures, Saké
s'est présentée dans la cuisine. Elle a bu un très grand
verre d'eau, d'une seule gorgée ou presque, puis s'est
étirée pendant dix minutes avant d'ouvrir la bouche.

— Bonjour.

— Bonjour.

Puis elle a éclaté de rire.

— Tu veux manger quelque chose ?

— Oui, je veux bien.

— Tu n'as pas mal au cœur ?

— Non, ça va. Je n'étais pas si saoule que ça…
c'est la danse et surtout le plancher de la chambre qui
m'ont achevée.

Je lui ai préparé un déjeuner tandis qu'elle lisait
ce que j'avais écrit pendant la nuit. J'ai grillé du pain,
préparé des œufs et du bacon, rissolé des pommes de
terre congelées. Chokichi avait eu la permission de
garnir notre réfrigérateur et nos tablettes de «vraie
nourriture», une fois qu'il fut mis au courant de la
supercherie entourant la diète de Saké. L'odeur l'a
d'ailleurs réveillé. Il s'est traîné jusqu'à la cuisine et a
gémi en s'effondrant sur une chaise.

— Je sais que j'ai été malade hier, mais là j'ai faim, et j'ai un mal de bloc, alors tu vas me donner à manger et Saké, tu vas me laisser t'emprunter quelques comprimés pour le mal de tête. Je peux ?

Depuis qu'elle lui avait confisqué son *stock*, Saké était devenue responsable de la gestion de la pharmacie, qu'elle gardait cachée quelque part dans ses affaires. Elle s'est levée sans dire un mot et est revenue dans la cuisine avec deux comprimés d'ibuprofène pour Chokichi.

— Merci, a-t-il répondu en les avalant avec une gorgée prise dans mon verre d'eau.

J'ai préparé à manger pour Chokichi aussi, et nous nous sommes attablés tous les trois. La soirée avait été rude, nous avions dansé toute la nuit, il fallait désormais nous restaurer et c'est exactement ce que nous avons accompli en nous empiffrant.

— Ça fait changement du concombre aux fines herbes, a dit Chokichi avec une pointe d'ironie dirigée vers Saké.

— Ah, ah, a-t-elle répondu entre deux bouchées de tartine. Mange et tais-toi.

Les observer tous les deux se taquiner comme ça m'a tiré un sourire : je n'imaginais pas qu'on en viendrait si vite à cohabiter tous les trois dans un endroit aussi étrange que Madison, Alabama, que Saké chanterait l'hymne national avant des parties de balle-molle, que Chokichi travaillerait dans la restauration rapide pour m'acheter des disques et que moi, de mon côté, je passerais toutes mes nuits à écrire de la poésie bidon et à regarder les étoiles par la fenêtre de la cuisine. Ça m'a rappelé que j'avais quelque chose à annoncer.

— Il faut que je vous dise…

Saké m'a interrompu sans lever la tête de son assiette.

— Tu veux partir. Je sais.

Chokichi, lui, a déposé sa fourchette et m'a regardé dans les yeux.

— Oui, je veux partir. Mais je veux que vous veniez avec moi. Je sais comment utiliser nos treize mille dollars. Et même si on n'avait pas tout cet argent, je vous demanderais de m'accompagner quand même. Ce n'est pas une question de fric.

Chokichi a souri, comme soulagé par ce que je venais de dire. Je ne sais pas s'il doutait vraiment de mes intentions, mais il était clair pour moi depuis un moment déjà que je n'envisageais pas de partir sans eux.

— Tu veux aller où ? a demandé Saké.

— Montauk, ai-je répondu.

— Montauk ? C'est où, ça ? a demandé Chokichi.

— Dans les Hamptons, au bout de Long Island. C'est à deux cents kilomètres de New York, environ.

Je leur ai vendu l'idée assez rapidement, en évoquant l'endroit dans ses grandes lignes ; Saké a été convaincue lorsque je lui ai dit que c'était bourré de riches, de bourgeois, d'artistes et d'intellectuels qui fuyaient la ville en été, et Chokichi a été séduit par la mer et les plages et le vent. Mais il me restait à leur exposer mon projet, mon plan, la raison pour laquelle je voulais quitter Madison, Alabama, pour aller vivre à Montauk. Cela impliquait que je leur raconte pour Xavier, les différentes chambres d'hôtels, la maison sur la plage, et je ne voulais pas. Je préférais garder cela pour moi, pour être le seul déçu, au bout du compte, si mon plan ne fonctionnait pas, si je ne m'endormais plus jamais, si je n'arrivais pas à rencontrer Xavier ou à le contacter de nouveau. J'y avais longuement pensé et j'avais trouvé une autre véritable raison pour que l'on s'installe à Montauk. Et c'est de ça que je leur ai parlé.

— J'ai beaucoup erré sur Internet, durant mes longues nuits. Je me suis inscrit à quelques forums d'ornithologues amateurs. Depuis quelques mois, de plus en plus d'oiseaux rares ont été photographiés dans les environs de Montauk. Par exemple, le plongeon à bec blanc. C'est un oiseau aquatique qui niche habituellement dans la toundra arctique. Il hiverne en mer en Norvège, dans le Pacifique Nord, au Japon et près de la péninsule du Kamtchatka. Il va construire son nid avec la fonte des glaces au nord du Canada et de la Russie, mais on en a identifié près d'une dizaine de spécimens à Montauk dans les cinq derniers mois, ce qui laisse croire qu'ils ne seraient pas des individus erratiques ou perdus, mais qu'une population serait bel et bien en train de s'installer dans les Hamptons. Le tangara à tête rouge, qui vit dans les forêts de conifères de l'Ouest américain, a lui aussi été photographié plusieurs fois. Un autre oiseau polaire, l'eider à tête grise, a été aperçu trois ou quatre fois près de la pointe de Montauk. Les bouleversements climatiques affectent les oiseaux du continent ; on ne voit habituellement pas ces espèces aussi loin à l'est ou au sud. Et puis, parce qu'il fait très chaud depuis très longtemps, d'autres espèces ont aussi été aperçues à Montauk, comme si elles s'étaient toutes donné rendez-vous à cet endroit : on y a vu un ara à gorge bleue, un oiseau de la Bolivie menacé d'extinction ; on a aussi vu deux colibris de Fanny, qui vivent habituellement au Pérou et en Équateur. Plus surprenant encore : la semaine dernière, un ornithologue de New York a aperçu et photographié, au Deep Hollow Ranch, deux pluviers à triple collier, des oiseaux venus de Madagascar. Toute une équipe de bénévoles arpente présente- ment les plages pour trouver un nid, parce que ces pluviers les construisent habituellement à nu sur des galets. J'ai contacté le secrétaire de la New York State Ornithological Association, qui nous attend pour la semaine prochaine. On va les assister dans leurs recherches, prendre des notes, recueillir des preuves, des excréments, des morceaux de paille, etc. On va photographier des oiseaux et compiler des données dans des cahiers, retranscrire tout ça à l'ordinateur, rendre accessibles à tous les recherches et les décou- vertes des membres de l'association. On ne sera pas payés, mais l'homme à qui j'ai parlé m'a donné des adresses utiles qui m'ont permis de trouver une petite maison à louer pas très loin du village, à une distance qui se marche très bien, sur le bord de la plage. Alors faites vos bagages, on s'en va observer les oiseaux à Montauk !

— Eh misère, a répondu Chokichi.

: :

Il s'est passé exactement une semaine entre l'annonce du projet et notre déménagement à Montauk. Pour commencer, Chokichi nous a trouvé une voiture d'occasion, tout à fait ruinée, mais qui roulait toujours et avec laquelle on pourrait probablement se rendre jusqu'à Montauk. Il a bien expliqué au propriétaire du dépôt de ferraille qu'on avait *a thousand miles to drive*, mais celui-ci nous a assurés que la voiture allait tenir le coup. *It may not go a lot further than that, but it will do the job. It's a good car*, qu'il a répété. Chokichi lui a remis trois billets de cent dollars en échange desquels il nous a donné les clés, qui ne servaient finalement qu'à démarrer la voiture parce que les portières ne se verrouillaient plus. Saké s'est occupée d'avertir le propriétaire de l'appartement de notre départ. Nous avons entassé dans quelques valises nos effets personnels, le plus encombrant étant le tourne-disque. Nous avons chargé la voiture, acheté des provisions et de l'essence, et nous sommes partis. Le soleil plombait toujours, cent degrés Fahrenheit, pas de climatisation dans la vieille bagnole brune. Nous avons roulé toutes vitres ouvertes pendant quelques heures, la radio à tue-tête, les parasites empêchant parfois même d'entendre la chanson qui jouait. Saké était chargée de la musique et ne choisissait que des stations country.

— On vit notre *road trip* américain à fond la caisse ou on ne le vit pas du tout, qu'elle a hurlé, les cheveux dans le vent, d'immenses lunettes de soleil posées sur le nez.

À Chattanooga, nous avons rejoint l'Interstate 75, qui nous a menés en banlieue de Knoxville, au Tennessee, où le moteur de la voiture a rendu l'âme. Saké est descendue de la voiture et a fait de grands signes avec ses bras dans l'espoir que quelqu'un s'arrête pour nous prêter main-forte. Un mécanicien qui rentrait chez lui après un quart de travail a immobilisé sa voiture sur l'accotement et a jeté un coup d'œil au moteur.

— *This car ain't worth no shit, bro,* qu'il a dit à Chokichi. *No way you can make it with this pile o' junk. The engine's dead, ma man.*

Il a appelé un collègue à lui, qui est venu nous chercher en remorqueuse. Nous nous sommes rendus à la casse, où la dépanneuse nous a laissés. Là, nous avons agité quelques billets sous le nez du propriétaire, qui nous a vendu une voiture en meilleur état. Nous avions perdu deux heures de notre temps et près de cinq cents dollars dans cette aventure. Chokichi s'est renfrogné, mais Saké, avec sa grande sagesse, lui a fait comprendre que ce n'était pas la fin du monde, que les oiseaux allaient attendre, et que ses parents allaient certainement trouver un moyen de nous repérer pour nous envoyer encore plus d'argent d'ici quelques semaines. Il nous restait de toute façon environ douze mille dollars et nous n'étions pas près de devoir déclarer faillite.

Nous avons repris la route, et Chokichi a conduit sans s'arrêter jusqu'à Roanoke, en Virginie, où nous avons fait escale pour manger, aller à la salle de bain et regarder sur une carte ce qu'il nous restait encore de chemin à parcourir. Nous avons décidé de ne pas aller plus loin à ce moment-là, de passer la nuit dans un motel. Il nous resterait environ dix heures de route à abattre le lendemain.

Et c'est exactement ce que nous avons fait, en ne nous arrêtant qu'une seule fois pour de l'essence et de la nourriture. Nous sommes arrivés à Montauk en fin de soirée. Quatre-vingt-cinq degrés environ sous un ciel étoilé, c'est-à-dire encore trente degrés Celsius et une humidité qui collait à la peau mais qui demeurait tolérable grâce au vent du large. Nous avons exploré tous les trois la maison que nous avions louée pour six mois : deux chambres, de superbes baies vitrées, une grande galerie, une cuisine et un salon à aires ouvertes, un foyer et un piano : j'avais volontairement loué un pavillon qui ressemblait le plus possible à la maison sur la plage. En fait, *c'était* une maison sur la plage, séparée de la mer par des dunes aux blés jaunes. Chokichi et moi avons choisi la chambre dont la baie vitrée donnait sur les dunes, et Saké a déposé ses affaires dans celle dont la fenêtre s'ouvrait sur la longue allée privée menant à Surfside Avenue. Chokichi nous a préparé un repas léger que nous avons mangé assis par terre sur la galerie de bois. L'air sentait le sel et la mer et le vent nous brossait les cheveux et nous caressait le visage et j'ai eu envie de hurler tellement le moment me semblait parfait.

Le soleil se couchait derrière la maison et les étoiles se sont allumées une à une. La lune est apparue, comme une grosse boule blanche tout juste sortie des profondeurs de l'océan.

Nous avons discuté un moment de notre plan de match : nous disposions de toute une fin de semaine pour nous familiariser avec les environs avant de commencer notre travail pour l'association d'ornithologie. Saké voulait qu'on explore le village et qu'on fouille la maison pour y trouver de vieux trésors. Chokichi et moi n'avions pas de désirs particuliers, alors nous avons prévu de nous rendre au village le samedi et d'explorer la maison et les environs le dimanche. Saké était satisfaite de ce plan. Elle est rentrée dans la maison pour aller dormir. Chokichi aussi était fatigué.

— J'irai te rejoindre bientôt, lui ai-je dit. Je veux regarder les étoiles un moment encore.

Il m'a embrassé avant de rentrer à son tour. Je suis descendu de la galerie et je me suis couché dans les dunes, les yeux rivés au ciel. J'ai fait un petit exercice de repérage, qui m'a permis d'identifier la Ceinture d'Orion, la Grande Ourse, Vénus et Jupiter.

Je suis resté comme ça sans bouger pendant quelques minutes, ou quelques heures. Je n'avais pas conscience de la marche du temps. J'ai vu Jupiter dépasser Vénus et la Lune devenir de plus en plus petite au fil de son ascension. J'ai aussi compté le nombre d'étoiles filantes qui passaient; j'ai arrêté après en avoir dénombré plus d'une cinquantaine. Je n'avais jamais entendu parler d'une pluie de météores aussi importante. Puis j'ai pensé que c'était peut-être normal que j'en remarque autant, comme la pollution lumineuse est moins importante qu'en ville. À un certain moment, j'ai eu l'impression d'entendre quelque chose tomber dans l'eau pas très loin de moi, comme si une météorite avait encore atteint la Terre. Mais comme le caillou était probablement dans l'océan, il n'y avait aucune chance que je le retrouve.

J'ai prêté un peu plus attention à la lumière que renvoyait Jupiter. J'ai remarqué, après avoir regardé

attentivement ce coin du ciel, qu'on pouvait apercevoir ses quatre lunes : Callisto, Io, Ganymède et
Europa. Cela m'a tout de suite rappelé le reportage
que j'avais vu plusieurs fois à la télé, et j'ai eu une grave
envie d'essayer d'écouter Jupiter à la radio, comme ils
l'avaient expliqué dans le documentaire. Je suis entré
dans la maison et j'ai fouillé dans les placards, mais je
n'ai pas trouvé de poste. Je suis revenu dehors en me
promettant d'en acheter un au village le plus vite possible pour tenter l'expérience.

Un grondement suivi d'une explosion sourde
m'ont tiré d'un sommeil dans lequel je n'avais même
pas eu conscience d'avoir sombré. Je me suis levé sur
mes pieds et j'ai constaté qu'à moins de dix mètres de
moi un trou s'était creusé dans le sable de la plage.
Une fumée diffuse sortait du petit cratère. J'ai tout
de suite su de quoi il s'agissait. Je me suis approché,
pour confirmer mon hypothèse : encore une fois, une
étoile venait de tomber juste à côté de moi. Je me suis
demandé si l'explosion avait réveillé Chokichi et Saké.
Je me suis retourné.

J'étais devant la maison sur la plage, la *vraie*, et
Xavier était assis sur la galerie avec un bout de papier
entre les mains, un papier qu'il lisait avec beaucoup
d'attention.

ÉPILOGUE

MONTAUK

*Les garçons, je savais que vous finiriez par vous retrou-
ver ici. Il y a quelque chose que je voulais vous dire.*

*Hollywood, tu te souviens de la fête chez ton copain
Chokichi, à la fin du mois d'août dernier? L'air était
beaucoup trop chaud, tu avais pris quelque chose, de
l'ecstasy peut-être, je n'en sais rien. J'étais là parce
qu'une amie de la troupe m'avait invitée. C'est une
cousine de Chokichi. Enfin... c'est avec moi que tu as
eu cette aventure, après laquelle tu as longtemps pleuré.
Tu as un fils, Zarik, mais il n'est plus avec nous. Xavier
pourra te raconter.*

*Xavier, i dashur, ne t'inquiète pas. Hier, ç'a été la
dernière journée où il a fait froid. Tu verras, à Montauk, ce sera toujours pareil. Tu pourras observer les
étoiles de tout ton saoul. Et regarder la mer pour moi.*

*Il fera toujours un peu frais. Mais il y aura du blé et
des oiseaux.*

Bises,
Gia

XAVIER
CAHIER N° 2, ENTRÉE NON NUMÉROTÉE

C'est comme lorsqu'on se réveille après un rêve et qu'on demeure longtemps dans l'état d'esprit qui régnait dans ce rêve si réaliste qu'il est alors bien difficile de distinguer les deux histoires l'une de l'autre, c'est-à-dire la vraie et la fausse*: d'ailleurs, sur quels critères se baser pour juger de la véracité de quoi que ce soit? Si je le perçois, c'est que ça existe. Cette petite certitude me fait du bien; c'est comme une sorte de* cogito *qui me permet de ne pas sombrer dans la folie, de ne pas toujours être en décalage par rapport au monde. Mais parfois on s'y perd.*

Au bout du compte, je suis une aiguille dans une botte de foin.

Il faut accepter de revenir là où l'on a commencé.

HOLLYWOOD
PETIT POÈME ILLÉGITIME,
NON NUMÉROTÉ

quand tout est à recommencer
quand il n'y a ni début ni fin
je me couche sur le toit du monde

tu peux commettre ton propre meurtre

PIERRE-LUC LANDRY

———

Ce roman est né dans les toilettes du Café de Paris, au Ritz-Carlton de Montréal. Dans la pièce d'à côté, il y avait des politiciens, des actrices, de grands écrivains. Moi, j'étais enfermé dans une cabine, avec un verre de vin blanc — mon troisième, mon quatrième ? — et j'écrivais sur un papier à en-tête de l'hôtel, avec le crayon de plomb qu'on m'avait donné. C'était il y a presque sept ans déjà. Je travaille lentement, mais toujours dans l'urgence, et à la dernière minute.

J'ai écrit ce livre pour continuer d'explorer à travers la fiction les thèmes qui m'obsèdent : l'existence, l'étrangeté, l'*expérience* que chacun fait du monde et de la réalité. J'ai voulu réfléchir à la vérité *pour un moment*, la vérité à laquelle on adhère dans le cadre de circonstances particulières. Puisque le roman, pour moi, ne « sert » pas à *créer un autre monde* ; je n'écris pas pour inventer, mais pour *rendre compte* de quelque chose, d'une *certaine réalité*.

Les corps extraterrestres est ma deuxième tentative en ce sens. Je crois qu'il est possible, à travers le roman, d'approfondir *le littéraire*; pour cela encore faut-il repousser sans cesse ses limites ainsi que celles du genre lui-même, le roman bien fait, bien construit, bien raconté. Je ne sais pas si j'y suis arrivé. Mais la pertinence de la question est discutable, parce que cela ne se réalise pas dans un seul texte — à moins que l'on soit un génie, ce que je ne suis pas et ce que je ne prétends pas être, d'ailleurs. Ce serait tellement plus simple...

CARLOS HENRIQUE REINESCH

Carlos Henrique Reinesch est un photographe originaire de Belo Horizonte, au Brésil. À ses débuts comme photographe amateur, il s'exerçait à toutes les techniques qui se trouvaient à sa portée. Déjà, il inventait son propre style et imposait la facture visuelle qui caractérise l'ensemble de son œuvre. C'est d'abord en partageant ses images sur Internet que Carlos s'est fait connaître. Les nombreux commentaires positifs qu'il a reçus l'ont encouragé à poursuivre son travail. Aujourd'hui, il se spécialise dans la photographie conceptuelle. Son approche surréaliste aux couleurs vives est principalement inspirée du peintre belge René Magritte. Par ailleurs, sa pratique de la photographie de rue est influencée par le savoir-faire du maître français Henri Cartier-Bresson.

ACHEVÉ D'IMPRIMER EN OCTOBRE 2015
SUR DU PAPIER 100 % RECYCLÉ
SUR LES PRESSES DE MARQUIS IMPRIMEUR,
QUÉBEC, CANADA.